小さな旅
『鬼平犯科帳』
ゆかりの地を訪ねて
第3部

松本英亜
Hidetsugu Matsumoto

小学館スクウェア

はじめに

　池波さんは、筆者のような熱烈な『鬼平犯科帳』ファンが、切絵図を片手に江戸の町をさまよい歩くことを、十分に予想していたのではないか。

　池波さんの胸の内には、「ひとつ……、読者を江戸中振り廻してやろう……」と、いうような遊び心があったのかも知れない。

　どうも、そんなふうに思えて仕方がない。

　というのは、これまで、第一巻から第十巻までの『鬼平犯科帳』ゆかりの地を訪ね歩き、江戸市中の主だった神社仏閣や川、堀、橋、坂などは大体行き尽くし、第十一巻からは、訪れる場所もだんだん少なくなって来るだろうと予想していた。

　ところが、さにあらず。

　巻を重ねても、次々と新しい寺や神社・堀・橋・路地などが登場し、これらを舞台に、「鬼平」や密偵、盗賊が、ところ狭しと躍動している。

　例えば、第十三巻・第四話「墨つぼの孫八」に、親分・孫八が、手下になった「鬼平」や五郎蔵、"おまさ"を従えて舟に乗り、天神川から堅川、大川を経て浜町堀へ入り、通旅籠町の菊新道にある仏具屋へ押し込もうというくだりがあるが、「鬼平」ファンなら、ここはひとつ、天神橋から舟でこ

のコースをたどり、大伝馬町の菊新道へ行ってみたいところである。

だが、実際のところ、舟を仕立てて行くには制約が多く、実行が難しい。また、目指す「浜町堀」は埋め立てられているので、全コースを舟でたどることができない。

従って、本来、舟で行くべきところを、本書の140頁のように《「鬼平」散策コース》として、天神橋から日本橋・大伝馬町の菊新道まで歩いてみたわけである。

かように、新たな『鬼平犯科帳』ゆかりの地を訪ねて、今も江戸中を振り廻されている。

一方、原作には、今回も江戸ばかりではなく、西は有馬温泉から大坂・京都・近江・伊勢。北は上州の妙義神社から信州の上田、さらに会津若松まで登場し、西へ北へと忙しく飛び廻っている。

本書の第3部では、原作の『鬼平犯科帳』(文春文庫新装版)第十一巻から第十五巻までの二十七話(長篇一話を含む)について、「鬼平ゆかりの地」を訪ね歩いた。

おかげで、休む間もなく振り廻され、小さな旅を続けている。

実に、楽しいひとときだ。

目　次

はじめに……………………………………………………………… 2

第十一巻

第一話「**男色一本饂飩**」………………………………… 8
「扇橋」「筑後橋」「湊稲荷」「桜川と中ノ橋」「因幡町」
「築地川と軽子橋」「鉄砲洲川」「十軒町の飛地」など

第二話「**土蜘蛛の金五郎**」……………………………… 19
「根岸川」「金杉橋」「信州・上田」

第三話「**穴**」……………………………………………… 27
「近江の八日市」「金杉川」「京の一条室町東入ル」「川崎大師」など

第四話「**泣き味噌屋**」…………………………………… 35
「四谷の仲町、喰違御門」「東福院、日宗寺」「火之番横丁の坂道」
「神楽坂」「竜ノ口の評定所」

第五話「**密告**」…………………………………………… 44
「松永橋」「深川・平野町の陽岳寺」「上総の飯野」「丸太橋」
「浅草・今戸の長昌寺」

第六話「**毒**」……………………………………………… 50
「三社権現」「称福寺」「築地の西本願寺」「門跡橋」
「二ノ橋、三ノ橋」「京都・七条の西洞院」など

第七話「**雨隠れの鶴吉**」………………………………… 59
「京都の綾小路新町西入ル」「大坂の伏見町」
「日本橋・室町二丁目」「本小田原町の通り」など

第十二巻

第一話　「**いろおとこ**」……………………………… 66
「北辻橋、四ツ目橋、深川北松代町の代地」「本所の枕橋」
「茅場町薬師」

第二話　「**高杉道場・三羽烏**」…………………………… 72
「神田佐久間町四丁目」「巣鴨の徳善寺」
「鴻巣の旅籠・玉屋弁蔵」など

第三話　「**見張りの見張り**」……………………………… 77
「南品川の青物横丁」「掃部宿」「日光街道・草加の宿」
「中目黒村の真明寺」など

第四話　「**密偵たちの宴**」………………………………… 84
「山谷の春慶寺」「浅茅ヶ原」「福寿院」など

第五話　「**二つの顔**」……………………………………… 90
「御橋」「金杉下町の万徳寺」

第六話　「**白蝮**」…………………………………………… 94
「瘡守稲荷」「明王院、天龍寺」「鍛冶町御門」
「団子坂」「心福院」など

第七話　「**二人女房**」……………………………………… 103
「三河の今岡」「霊巌寺」「江島橋」「菊川橋」「大坂の西天満」など

第十三巻

第一話　「**熱海みやげの宝物**」…………………………… 110
「豆州・熱海の温泉」「有馬温泉」「石部の宿」「来宮大明神」
「大坂の地蔵坂」「小田原の小八幡」「権太坂」など

第二話　「**殺しの波紋**」…………………………………… 120
「松山稲荷」「薬王寺」「向柳原」「浅茅ヶ原の妙亀堂」
「池之端仲町」など

第三話「夜針の音松」……………………………… 126
　「市ヶ谷薬王寺前町」「合羽坂」「法光寺」「麻布の笄橋」など

第四話「墨つぼの孫八」……………………………… 134
　「会津若松の中島鍛冶」「菊新道」「朝日稲荷、絵馬堂」

第五話「春雪」……………………………………… 142
　「永代寺門前町」「福永橋」「五百羅漢寺」「寒川大名神」
　「山下御門」「中ノ橋（下ノ橋）」「大島町の飛地」「大島橋」など

第六話「一本眉」……………………………………… 156
　「表猿楽町の通り」「田安稲荷」「乗蓮寺、本寿寺」など

第十四巻

第一話「あごひげ三十両」…………………………… 164
　「大手御門」「神田佐久間町四丁目」「氷川明神と弁天堂」

第二話「尻毛の長右衛門」…………………………… 170
　「本所・吉田町二丁目」「上州・妙義山の笠町」

第三話「殿さま栄五郎」……………………………… 175
　「谷中三崎町の法住寺」「芝の方丈河岸」

第四話「浮世の顔」…………………………………… 182
　「紀尾井坂」「板橋宿、平尾町、中宿、石神井川」
　「麻布の永坂、狸穴、鼠坂」など

第五話「五月闇」……………………………………… 187
　「摩利支天横町」

第六話「さむらい松五郎」…………………………… 192
　「目黒不動門前の桐屋」「上覚寺」「大鳥明神」など

第十五巻

特別長篇 雲竜剣 ……………………………… 197

「赤い空」 ……………………………… 198
「入間川、法泉寺」「金杉川、金杉橋、将監橋、赤羽橋」
「牛久沼」「常陸の藤代」など

「剣客医者」 ……………………………… 204
「仙台堀と油堀」「牛久宿」「正源寺」など

「闇」 ……………………………… 209
「小貝川の渡し」「牛久の城」

「流れ星」 ……………………………… 212
「専光寺」「南湖」「佐賀町代地の夕河岸」「中ノ橋」「御蔵橋」など

「急変の日」 ……………………………… 218
「武蔵国・橘樹郡の丸子」

「落ち鱸」 ……………………………… 220
「丸子の渡し」「最明寺、真福寺」「小田原の一色村」「馬入川」

「秋天清々」 ……………………………… 227
「根岸の西蔵院」「近江の堅田」

おわりに ……………………………… 232

主要参考文献 ……………………………… 234

『鬼平犯科帳』第十一巻 第一話「男色一本饂飩」

あらすじ

盗賊・寺内武兵衛は、因幡町に「算者指南」として住み、本材木町の足袋股引問屋「尾張屋宇八」方に狙いを付け、近く押し込む予定であった。

武兵衛には男色の趣味があり、小名木川沿いの道で見かけた好みのタイプの木村忠吾の後をつけ、海福寺門前にある茶店「豊島屋」で近づく。

だが、冷たく無視された武兵衛は、その夜、配下の者を使って忠吾を拉致する。

火付盗賊改方の同心・木村忠吾、行方不明となる。

盗賊改方の懸命の捜索にもかかわらず、忠吾に関する有力な情報は得られなかった……。

こんなある日、長谷川平蔵が「豊島屋」を訪れると、女中の"お静"が、数日前に忠吾が店に来たことを覚えていた……。

主な登場人物

木村忠吾：火付盗賊改方の同心
お静：茶店「豊島屋」の女中
寺内武兵衛：盗賊の首領
吉六：武兵衛の手下

読みどころ

- 今回の主役は、同心・木村忠吾と男色好みの盗賊・寺内武兵衛
- クライマックスで、吉六・お静・寺内武兵衛・長谷川平蔵が、前後して繰り広げる追跡劇が面白い！
- この物語は、江戸切絵図の「日本橋南絵図」と「京橋南・築地・鉄炮洲絵図」で展開している

「男色一本饂飩」を訪ねて

扇橋の船宿「鶴や」

原作の舞台 木村忠吾は昼前まで本所界隈を見廻り、それから深川へ入り、密偵・小房の粂八が亭主におさまっている扇橋の船宿〔鶴や〕へ立ち寄って、昼飯をよばれた。

　深川・石島町の船宿「鶴や」は、第一巻・第六話「暗剣白梅香」に初めて登場し、この事件以来、密偵の小房の粂八が亭主をつとめ、本所・二ツ目の軍鶏鍋屋「五鉄」と共に盗賊改方の前線基地となっている。

　本書の第1部60頁に、大横川に架かる扇橋について解説しているが、不十分なため、ここで改めて扇橋と船宿「鶴や」の位置について、切絵図と現在の地図を比べ、確認し

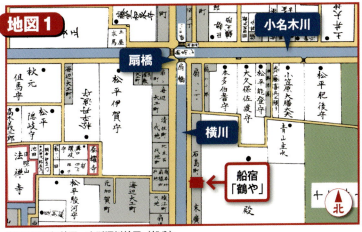

復刻版江戸切絵図　本所深川絵図（部分）

ておくことにする。地図1

　現在の扇橋の位置は、当時より少し南へ移動しており、橋の上には「清洲橋通り」が通っている。

現在の江東区扇橋附近

深川・蛤町の海福寺

原作の舞台

木村忠吾は、深川の諸方を見廻ったのち、蛤町にある名刹・永寿山海福寺の門前へさしかかった。
日は傾いていたし、かなり歩きもした。腹も空いてきたし、こうしたときに海福寺門前へさしかかったので、どうしても忠吾、素通りはできない。
というのも、門前の豊島屋という茶店で出している一本饂飩が、忠吾の大好物なのだ。

　海福寺は、明治四十三年、目黒不動尊近くの目黒区下目黒へ移転している。

　本書の第2部88頁「搔掘のおけい」を参照されたし。

筑後橋（築島橋）

原作の舞台

深川の木場は、江戸の材木商の大半があつまっている場所で、堀川に区切られた材木置場が見わたすかぎりだ。
そのとき忠吾は、島田町の東、二町ほどのところにいた。彼方に筑後橋が見え、橋の向うに島田町の町屋の灯りがのぞまれる。そこへ行って提灯へ火を入れようと、忠吾は歩き出した。

同心・木村忠吾は、この描写の後、盗賊・寺内武兵衛一味によって拉致される。

近江屋板と尾張屋板の切絵図では築後橋となっているが、正しくは、築島橋である。『復

筑後橋（築島橋）

元・江戸情報地図』（朝日新聞出版）や『東京の橋』（石川悌二：著）には築島橋と記載されていて、現在も江東区木場二丁目の大島川東支川に築島橋として架かっている。

湊稲荷

原作の舞台

"お静"の兄・由五郎のやっている居酒屋〔稲荷や〕は、本湊町の湊稲荷の社の近くにあった。

湊稲荷は、現在、鉄砲洲稲荷神社といい、中央区湊の「鉄砲洲通り」に面してある。

第十一巻 第一話「男色一本饂飩」

当時は、八丁堀の河口に架かる稲荷橋の南詰にあったが、明治期に現在の位置に移転している。

地図2

鉄砲洲稲荷神社
…東京都中央区湊1-6-7

鉄砲洲稲荷神社

桜川と中ノ橋

原作の舞台
"お静"は、桜川に沿った道を西へ行き、真福寺橋をわたり、水谷町の阿部幸庵宅で薬をもらい、引き返した。吉六は、中ノ橋を渡って桜川を越え、南八丁堀から小田原河岸の方へ向う。

　桜川は、八丁堀が明治期になって改称された呼び名で、現在は埋め立てられている。一部は「桜川公園」(中央区入船1-1-1)となっていて、往時を偲ばせてくれる。

桜川公園

桜川跡説明板

公園内にある説明板に描かれている中ノ橋は、関東大震災後に桜川に架かった橋のことで、今の「新大橋通り」に相当する。江戸期の八丁堀に架かっていた中ノ橋は、少し東の、公園の中ほどにあったものと思われる。地図2

因幡町（いなばちょう）

> 原作の舞台
>
> この昼ごろまでに、盗賊改方は、かの大男の侍が住む家をつきとめていた。
> 何といっても特徴のある容貌だけに、近所で知らぬ者はないのだ。
> 因幡町二丁目に〔算者指南〕の看板をかかげている寺内武兵衛がそれであった。

　因幡町は、現在の中央区京橋二丁目の、「昭和通り」沿いにある地下鉄・都営浅草線「宝町」駅あたりに相当する。
　原作では因幡町二丁目となっているが、因幡町に二丁目はない。

築地川と軽子橋（かるこばし）

> 原作の舞台
>
> 吉六は、築地川が西から南へ折れ曲がっている河岸道を軽子橋の東詰へ来て、ちょっと振り返ったが、すぐに先へすすみ、松平周防守上屋敷の角を左へ折れた。
> このあたりには大名屋敷や、その別邸ばかりで、日中でも人通りがなく、長い土塀が折れ曲がって、どこまでもつづいている。

　築地川は、第十一巻・第六話「毒」にも登場して話の舞

台となるので、この附近の地理はよく知っておきたいところだ。 地図2

　現在、築地川はほとんど埋め立てられて公園や道路になっていて、川面を見ることができないが、「旧浜離宮庭園入口」に架かっている石橋の上から、築地卸売市場と浜離宮の間に築地川の一部を見ることができる。

　軽子橋は、築地川の中央区築地二丁目1番から明石町へ架かっていた橋で、現在の「築地川公園多目的広場」あたりにあった。

　軽子とは荷揚げ人夫のこと。

鉄砲洲川（てっぽうずがわ）

原作の舞台
"お静"を背負い、鉄砲洲川に面した細道へ逃げた吉六は、そこへまわりこみ、待ち構えていた小柳・沢田らの盗賊改方に捕えられる。
鉄砲洲川の、その場所には荷舟が三艘ほど舫（もや）ってあり、その内の一つをつかって吉六は川向うへわたるつもりだったらしい。このあたりは、川の両岸とも大名屋敷の裏手になっていて、日中でも全く人気（ひとけ）がない。

　鉄砲洲川は、関東大震災後、昭和四年までに埋め立てられ、現在は道路になっている。 地図2

　鉄砲洲川の跡をたどってみた。

　河口は、隅田川の堤防際にある「中央区立湊第1児童遊園」（湊2-16-16）あたりで、傍らに「汐見地蔵尊」の社がある。ここから、湊二丁目と三丁目の間を流れて、湊三

丁目9-1で直角に南へ曲がり、「鉄砲洲通り」となって佃大橋の下をくぐって南へ行き、聖路加病院の前を通って明石町12にある「あかつき公園」まで続いている。

汐見地蔵尊…東京都中央区湊3-18-22

現在の鉄砲洲川跡

十軒町の飛地

原作の舞台　鉄砲洲川対岸の大名屋敷にはさまれた細長い一角が十軒町の飛地になってい、そこに荷舟宿がある。この荷舟宿が実は、寺内武兵衛の〔盗人宿〕だったのである。

　十軒町の飛地は、現在の中央区明石町13番地あたり。

復刻版江戸切絵図　京橋南築地鉄炮洲絵図（部分）

■**参照**　小名木川 ➡ ② P.91　　万年橋 ➡ ② P.23
　　　　永代橋 ➡ ① P.267
　　　　三ツ橋（弾正橋、白魚橋、真福寺橋）➡ ② P.186

「鬼平」散策コース①

所要時間：約60分

同心・木村忠吾が
扇橋の船宿「鶴や」から
海福寺門前の茶店「豊島屋」へ行く

❶深川の大横川に架かる扇橋（船宿「鶴や」はこの辺にあった）……❷扇橋の西詰から川沿いの道へ出る……❸小名木川との合流部へ出たら左折して「小名木川水辺の散歩道」を西へ行く……❹新高橋・大富橋・東深川橋・西深川橋を過ぎて高橋で一般道へ出る……❺「清澄三丁目」の信号を越えて高橋南詰へ戻り……❻地下鉄「清澄白河」駅A1出口わきの路地を西へ……❼萬年橋南詰を越えてさらに西へ進むとゆるく左へカーブしている（近江屋板の切絵図ではこの左側に小笠原家下屋敷がある）……❽清洲橋東詰で「清洲橋通り」を越える……❾少し先へ進むと、仙台堀に架かっていた上ノ橋の橋脚あり……❿ここを左折して仙台堀北側に沿って東へ進む……⓫清澄公園を過ぎて、「清澄通り」へ出たら信号を右へ行く……⓬「清澄通り」を南へ進み、海辺橋を渡ってしばらく行くと……⓭左手に心行寺がある。かつて、この手前に海福寺があり茶店「豊島屋」があった

第十一巻 第一話「男色一本饂飩」

「鬼平」散策コース②

所要時間：約40分

吉六が行く、"お静"が尾行する。
これを寺内武兵衛がつけて行く。
さらに、その後を長谷川平蔵が追う

❶京橋2丁目の地下鉄・都営浅草線「宝町」駅A2出口（因幡町の寺内武兵衛の家はこの辺にあった）……❷A2出口先の路地を右へ入る……❸最初の十字路を右折し（松幡橋を渡らない）、首都高速・都心環状線（楓川）沿いの道を行く……❹「鍛冶橋通り」へ出たら左折して弾正橋を東へ渡る……❺「鍛冶橋通り」を東へ直進……❻「八丁堀駅前」の信号を右折して「新大橋通り」へ……❼少し行くと左手に「桜川公園」がある（公園内に桜川についての説明板あり）……❽中ノ橋を想定してこれを渡り（公園を横切り）……❾中央区入船町一丁目2番と6番の間の路地を南へ行く……❿「佃大橋通り」を越えて……⓫「築地川公園多目的広場」（築地川と軽子橋を想定して）……⓬築地川公園に沿って南へ歩く……⓭聖路加国際大学の信号を左折（松平周防守上屋敷を想定）、ここに浅野内匠頭邸跡の石碑と説明板あり……⓮大学に沿って歩き、次の信号を左折……⓯すこし行って、「明石小学校前」の信号を右折……⓰「鉄砲洲通り」へ（鉄砲洲川はこの通りを南北に流れていた）

『鬼平犯科帳』第十一巻 第二話「土蜘蛛の金五郎」

あらすじ

長谷川平蔵は、三ノ輪の外れに「どんぶり屋」という飯屋があり、破格の値段で定食を食べさせるばかりか、病人や乞食からは金を取らないという話を耳にする。

何か引っかかるものを感じた平蔵は、さっそく貧乏浪人に変装して「どんぶり屋」へ通いつめる。

こうして何日かたったある日、店の主人・金五郎(実は、盗賊・土蜘蛛の金五郎)が、食い詰め浪人・木村五郎蔵(実は、長谷川平蔵)の腕を見込んで、「五十両で、人ひとりを殺ってもらいたい……」と、頼んでくる。

殺す相手は、火付盗賊改方の長官・長谷川平蔵……。

主な登場人物

金五郎:「どんぶり屋」の主人で、盗賊・土蜘蛛の金五郎
岸井左馬之助:長谷川平蔵の親友で剣友
山本弁二郎:医生で、金五郎の手下
為造:金五郎の手下

読みどころ

- 清水門外の役宅には、隠密に出入りする「忍び口」がある
- 長谷川平蔵と岸井左馬之助が斬り合う決闘場面が圧巻!!
- この決闘シーンの場所は、第一巻・第六話「暗剣白梅香」で、長谷川平蔵が殺し屋・金子半四郎に襲われたところである

「土蜘蛛の金五郎」を訪ねて

根岸川

> **原作の舞台**
> 三ノ輪は、上野山下から坂本、金杉を経て千住へぬける奥州・陸羽両街道の筋街道に面していて、往還は近年に至って、大いに賑いはじめている。
> 件(くだん)の安売り飯屋は、往還から西へ切れこんだ小川に架かる橋のたもとに在った。
> この小川は、根岸川といって、末は山谷堀となり、大川（隅田川）へそそいでいる。

　根岸川は、現在、暗渠となっていて下水道として使われているが、川の上は曲がりくねった道路が走っている。

　台東区根岸と荒川区東日暮里の境の道路が、かつての根岸川に相当する。

　根岸川の跡を、「どんぶり屋」のあたりから「御行松不動尊(おぎょうまつふどうそん)」まで歩いてみた。

　根岸五丁目17あたりに「どんぶり屋」を想定し、そこから西へ（根岸四丁目方面へ）道なりに進み、根岸5-7-9の「リサイクル処理業・協和」の角を左へ曲がり、道路を越えて、根岸4-12蕎麦処「日よしや」と東日暮里4-2の間の道へ入る。道なりに進み、「トキワ塗装工業」前の十字路を根岸4-11方向へ行き、さらに、根岸4-11-9を左折すると「御行松不動尊」の石垣に突き当たる。この道を右へ道なりにたどると、根岸川はさらに西へ延びている。

　標識や説明板がないので、この解説だけで川の跡をたど

るのは難しいかも知れない。切絵図と現在の地図を照合して歩かれることをお薦めする。 地図3

御行松不動尊

御行松不動尊…東京都台東区根岸４-９-５

復刻版江戸切絵図〈今戸箕輪〉浅草絵図（部分）

金杉橋

原作の舞台

駕籠が、芝口橋をわたったのは、五ツ(午後八時)少し前であったろう。
橋をわたり、駕籠は左の道へ曲がって行った。
曲がらずに、いわゆる東海道すじを行けば、芝口から、露月町、柴井町、神明町、浜松町と、金杉橋までは、にぎやかな町並で、夜になっても人通りが、かなりある。
しかし、左へ曲がると、すぐに、汐留川をへだてて浜御殿(現・浜離宮庭園)の鬱蒼たる森がのぞまれ、道の右側は、松平陸奥守や、会津中将の中屋敷の裏塀が、長々とつづいていた。

金杉橋は、港区を流れる古川の最下流に架かる橋で、橋の上は「第一京浜国道」が走り、浜松町と芝を結んでいる。 地図4

金杉橋

信州・上田

原作の舞台

医生・山本弁次郎は、今度の、土蜘蛛の金五郎の江戸乗り込みに際し、信州・上田城下の家をはなれ、一年前から江戸へ入り、なんと、井上立泉邸からも程近い、三島町の裏に小さな家を構えていた。

信州・上田は、第一巻・第五話「老盗の夢」で、「簑火の喜之助の母親は、信州・上田のつくり酒屋の子に生まれ、

復刻版江戸切絵図〈芝口南西久保〉愛宕下之図（部分）

上田城下の人びとから"相撲小町"とよばれた」と書かれている。第二巻・第七話「埋蔵金千両」では、盗賊・小金井の万五郎が下女の"おけい"に「埋蔵金の半分をやるから信州・上田の城下にいるもと手下の利吉(加納屋利兵衛)を連れて来るように……」と、頼むくだりがある。その他、第四巻・第二話「五年目の客」、第十巻・第六話「消えた男」、第十七巻・特別長篇「鬼火」、第十八巻・第四話「一寸の虫」など、何度か信州・上田の地名が登場して来る。

　そこで、「一度は、出かけてみなくては……」と、今年の花見は信州・上田城跡公園の桜を観ることに決めた。

　幸運なことに、予定した旅の日と桜の満開日が一致し、上田城跡公園の桜と櫓門の見事な景観をみることができた。

上田城跡公園の桜

上田城跡公園…長野県上田市二の丸6263番

信州・上田にて……

　信州・上田は、池波さんの『真田太平記』ゆかりの地で、「池波正太郎真田太平記館」がある。

　池波さんは、「刀屋」という蕎麦屋と「べんがる」というカレーの店によく行かれたと聞いていたので、「刀屋」で一杯やろうと出かけてみたが、あいにくこの日は日曜日で休み。

　そこで、「べんがる」へ出かけた。

　昼時で、店内は込み合っていた。

　ハンバーグと生姜焼きを肴に軽く一杯やり、食事が終わった頃に、おもむろに、池波さんについて訊いてみた。

　女将さんによると、「先代の頃の話で詳しいことは分からないが、先代が入口のレジに座っていたので、池波さんも入口に近いカウンターの端に座ることが多かったと聞いている……」と言う。

■ **参照**　山谷堀 ➡ ① P.111、188

　　　　芝・新銭座 ➡ ① P.56

　　　　芝口橋 ➡ ② P.272

　　　　汐留川、汐留橋 ➡ ① P.55

第十一巻 第二話「土蜘蛛の金五郎」

「鬼平」散策コース
所要時間：約1時間30分

長谷川平蔵に扮した岸井左馬之助が、駕籠で役宅を出る。芝の会津屋敷の裏で、殺し屋に扮した長谷川平蔵が待ち受ける……

❶江戸城清水門（火付盗賊改方の役宅を想定して）……❷「内堀通り」でお濠に沿って、竹橋門・平川門を確認して大手門まで散歩……❸「永代通り」へ入り、大手町を過ぎて「呉服橋」の交差点を通過……❹「日本橋」の交差点を右折して「中央通り」を南へ行き、銀座方面へ……❺京橋を過ぎ、「銀座八丁目」の信号を左折（芝口御門の説明板あり）……❻高速道路に沿って進み、「銀座東八丁目歩道橋」で「昭和通り」を越えて「海岸通り」を行く……❼「汐先橋」の交差点を通過……❽浜離宮に沿って進む……❾浜離宮へ架かる「中の御門橋」（会津屋敷裏の入り堀にかかる小さな橋はこの近くにあった）

『鬼平犯科帳』第十一巻 第三話 「穴(あな)」

あらすじ

芝の西の久保にある扇屋「玉風堂」の主人・平野屋源助は、七十歳。

かつては、帯川(おびかわ)の源助と異名をとった本格派の盗賊の首領だったが、今は引退し、腹心の配下である番頭の茂兵衛と、扇屋を営みながらひっそりと暮らしていた。

ところが、どうにも「盗(つと)め」の血が騒ぎ、隣の化粧品屋「壺屋菊右衛門」方へ床下から穴を掘りすすめて侵入し、合鍵を使って三百両余りを盗みとり、後日、この三百両をそっくり元の蔵の中に戻すという芸当をやってのけた。

驚いたのは壺屋菊右衛門、さっそく盗賊改方へ届け出て調べてもらうが、全く手掛かりがつかめなかった。

それから一年……。

ある日、密偵・舟形の宗平が、深川の富岡八幡宮に参詣した帰り道、昔の仲間で、近江・八日市の鍵師・助治郎に出会う。

助治郎は、去年、平野屋源助から合鍵の作製を頼まれ、江戸へ出て来たと言う……。

主な登場人物

平野屋源助：扇屋「玉風堂」の主人で、もと盗賊の首領
茂兵衛：扇屋「玉風堂」の番頭で、もと源助の手下・馬伏の茂兵衛
助治郎：近江・八日市の鍛冶屋で鍵師

読みどころ

- 平野屋源助と番頭・茂平の会話、「しっ。声が高い」「鮒(ふな)が安い」。池波さん、『鬼平犯科帳』で初めてシャレを言う
- 「復帰盗(かえりづと)め」とは、いったん引退した盗賊が再び「盗め」を行うこと
- この事件を機に、平野屋源助と番頭の茂兵衛は長谷川平蔵の密偵として働くことになる

「穴」を訪ねて

芝の西の久保

平野屋源助が主人をつとめる扇屋「玉風堂」は、芝の西の久保にあり、隣の店が化粧品屋「壺屋菊右衛門」方である。

　芝の西の久保は、現在の港区虎ノ門五丁目の一部、地下鉄「神谷町」駅の西側一帯に相当する。
　この附近は、第十五巻・特別長篇「雲竜剣」、第二十四巻・第三話・特別長篇「誘拐」でも舞台となるので、そこで詳しく述べることにする。

近江の八日市

平野屋源助は、隣の壺屋の息子の婚礼の晩に、近所の人たちといっしょに招かれ、小用に立つふりをして、金蔵の前へ忍んで行き、す早く錠前の蠟型を取る。それから、手紙で、近江の八日市から鍵師の助治郎をよび寄せ、合鍵をつくらせる。

　近江の八日市に住む鍛冶屋で鍵師の助治郎は、第十五巻・特別長篇「雲竜剣」でも重要な役割を担って登場する。
　助治郎の故郷を訪ねて、近江の八日市へ出かけてみた。
　近江の八日市は、現在、八日市市と近隣の六つの町が合併して滋賀県東近江市となっている。

かつて、鋳物で栄えた「金屋(かなや)」は、東近江市八日市金屋で、当時は鍛冶屋が大変多かったところだとか。

　池波さんは、『食卓の情景』（新潮社）というエッセーの中で、近江の八日市を訪れ「招福楼」の料理に大満足したと書かれているが、やはり、十分に土地勘あり……。こういう時代背景を知って、鍵師・助治郎の故郷を近江の八日市に設定したものと思われる。

　市役所の観光課で紹介して頂いた、野々宮神社の宮司で「八日市郷土文化研究会」の会長である中島伸男さんにお会いして、当時のようすについて伺った。

　近江の「小さな旅」については、〔ひとやすみ〕コーナー（→32頁）を参照されたし。

金杉川

> **原作の舞台**　平野屋源助は、番頭・茂兵衛の問いに、「鍵は、金杉川へ捨てた……」と答える。

　金杉川は、港区を流れる古川のこと。渋谷川が港区に入って古川と名を変え、東京湾へ注いでいる。第1部108頁「新堀川」を参照されたし。

　写真は、金杉橋の上から見た金杉川である。

金杉川

第十一巻　第三話「穴」　29

油堀の下ノ橋

原作の舞台　密偵・舟形の宗平は、富岡八幡宮へ参詣した帰りに、油堀の下ノ橋へさしかかったところで、近江の八日市に住んでいる鍛冶屋の助治郎に肩をたたかれる。

　油堀は埋め立てられて現在はない。下ノ橋は、油堀の大川河口に架かっていた橋だが、これも撤去されている。
　第１部の229頁を参照されたし。

京の一条室町東入ル

原作の舞台　平野屋源助で売る扇は、ほとんど、京の一条室町東入ルところの扇子所〔玉風堂・松井栄長〕方から仕入れている。

　京都の一条室町東入ルあたりには、羊羹で名高い「虎屋」発祥の地がある。路地を入ると「虎屋菓寮」という高級な

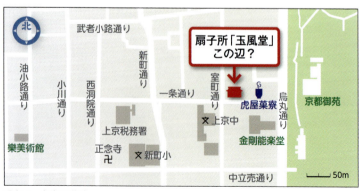
現在の一条室町附近

茶店があり、この辺が原作の舞台でいう「玉風堂」に相当する。

「虎屋菓寮」は、実に落ち着いた雰囲気で、中庭を囲む店内は静かで広々とし、ここでゆっくり休憩することをおすすめしたい。京都ならではの茶店である。

扇子所〔玉風堂・松井栄長〕は、『京都買物獨案内』に掲載されている〔一条室町東へ入　御扇子調進所　松井栄長〕をヒントにしたものと思われる。

虎屋菓寮…京都市上京区
一条通烏丸西入広橋殿町400

虎屋菓寮

川崎大師

原作の舞台　源助は、この春に茂兵衛の女房とむすめをつれ、川崎大師へ参詣に出かけた帰り途、大森村の名産・麦藁細工を買ったことをおもい出す。

川崎大師は、正式には川崎大師平間寺(へいけんじ)といい、川崎市川崎区大師町にある有名な寺だ。

川崎大師

川崎大師平間寺
…川崎市川崎区大師町4-48

近江の八日市を訪ねて……

　JR米原駅で琵琶湖線に乗り換え、「近江八幡」の駅に降り立つ。
　野々宮神社の正面鳥居の前に着くと、人気のない参道を黙々と掃除をしている人がいた。
　筆者の気配を感じたその人は、箒を持つ手を休め、かぶっていた帽子をとって会釈をした。宮司の中島伸男さんである。
　社務所に案内され、改めて、近江の八日市を訪ねた旨を説明すると、池波さんのこと、『鬼平犯科帳』のことも承知しているが、まさか、「鍵師・助治郎」の故郷を訪ねてここまでやって来るとは思わなかったと驚かれていた。また、池波さんが、これほどまで勉強して本を書かれていることに感心していた。
　さっそく、本論に入る。
　近江の八日市は、当時、鋳物で栄えた町で、中でも「金屋鋳物師（いもじ）」は有名であったとか。『八日市市史』（第三巻）には、八日市の鋳

太郎坊宮

物について詳しく書かれている。

　こんなわけで、その昔、八日市にはたくさんの鍛冶屋があったそうだが、今は、一軒もないとのこと。

　帰り際に、中島さんは神社の拝殿へ案内してくれ、金屋鋳物師の作という欄干の擬宝珠(ぎぼし)などを見せてくれた。

　合鍵作りの名人・助治郎は、表向き金屋鋳物師の一人だったか……。

　野々宮神社を辞してから、近くにある「太郎坊宮(たろうぼうぐう)」に参拝し、近江・八日市の小さな旅のしめくくりとした。

太郎坊宮・阿賀神社…滋賀県東近江市小脇町2247

 三匹の鼠の麦藁(むぎわら)細工

　平野屋源助は、二度目の「復帰(かえり)盗め」に、今回は趣向をこらして、大森村の名産・麦藁細工の鼠を壺屋の金蔵へ置いて来ようと考える。

　池波さんが、「三匹の鼠の麦藁細工」としたことに、いったい何処からヒントを得たのだろうかと詮索するのが「鬼平」ファン。『江戸名所図会』の大森の「麦藁細工」には、それらしい動物の麦藁細工が描かれていて、多くのファンは、「やはり、三匹のネズミはここからだろう……」と納得しているはずだ。

　実は、池波さん、第七巻・第五話「泥鰌の和助始末」でも、和助と鰻屋『喜田川』の亭主・惣七が、お互いの確認のために大森村の名産・麦藁細工の鳩を使っている。

ところで、今回登場の、『江戸名所図会』の右側の陳列棚に描かれている四匹の動物は、牛だそうで、鼠ではない。

「江戸名所図会」麦藁細工　国立国会図書館蔵

牛

『鬼平犯科帳』第十一巻 第四話 「泣き味噌屋」

あらすじ

　火付盗賊改方の同心・川村弥助は、二十七歳。経理を担当している文系の火盗改で、六尺に近い堂々たる体躯だが、生来、気が小さく臆病で、地震や雷でもおびえて泣き出す始末。ついた渾名が「泣き味噌屋」という。

　弥助は去年結婚し、新妻"さと"を迎えて、人もうらやむ仲むつまじい新婚生活をおくっていた。

　ところが、この"さと"が、実家の菓子舗「栄風堂」に立ち寄った帰り道、何者かによって殺害される。

　川村弥助の悲嘆と苦しみはいかばかり……!!

　盗賊改方の懸命の捜査が始まる……。

主な登場人物

川村弥助：火付盗賊改方の同心
さと：弥助の妻
富七：鮫ヶ橋の御用聞き
和田木曾太郎：東軍無敵流の剣客で道場主
柴崎忠助：和田道場の門人
秋元左近鑑種：三千石の大身旗本

読みどころ

- 死を決した者の強さ……
- 同心・川村弥助は、このあとの『鬼平犯科帳』には、一度も登場してこない
- 「竹刀の音がしない……」、池波さんのシャレ第二弾

「泣き味噌屋」を訪ねて

四谷の仲町、喰違御門

原作の舞台

或日。役宅へ出勤する川村弥助を送り出したのちに、妻の"さと"が、同じ四谷の仲町にある実家へおもむいた。
"さと"の実家は、喰違御門外の紀伊中納言屋敷の西側の通りに面し、栄風堂・和泉屋清左衛門という菓子舗であった。

　四谷の仲町は、現在の元赤坂・迎賓館西側の「みなみもと町公園」のあたり。(→42頁)

　喰違御門は、江戸城外郭門のうち最も高い場所にあり、他の城門のような桝形の構造ではなく特殊なつくりになっていた。詳細はしかるべきものを参考にされたし。 地図5

喰違御門跡

東福院、日宗寺

原作の舞台

"さと"が曲者に襲われた坂道の上の西側に東福院という寺があり、その寺の土塀と、南伊賀町との間に、細い道が通っていて、突当りが名も知れぬ小さな廃寺の跡だ。くずれかけた土塀の中には、取りこわされたらしく本堂もなく、木や草が生い茂るにまかせ、昼日中といえども、こんな場所へ入って来るものは、だれもいない。
"さと"は、墓地の奥の、腐葉土の上で絞殺されていた。発見したのは、東福寺と背中合わせになっている日宗寺の小坊主であった。

東福院は、勾配のきつい天王坂(東福院坂)の途中にある。

寺の奥さんは、『鬼平犯科帳』に出てくることは知っていたが、わざわざ訪ねて来て、このように原作を見せられたことは初めてだと言う。

日宗寺の住職さんは、寺が『鬼平犯科帳』に登場することは知らなかったそうだ。 地図5

東福院

日宗寺

東福院…東京都新宿区若葉2-2-6

日宗寺…東京都新宿区若葉2-3

第十一巻 第四話「泣き味噌屋」

復刻版江戸切絵図　〈千駄ヶ谷鮫ヶ橋〉四ツ谷絵図（部分）

火之番横丁の坂道
<small>ひのばんよこちょう</small>

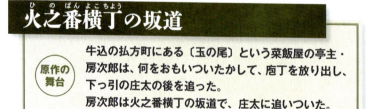

原作の舞台

牛込の払方町にある〔玉の尾〕という菜飯屋の亭主・房次郎は、何をおもいついたかして、庖丁を放り出し、下っ引の庄太の後を追った。
房次郎は火之番横丁の坂道で、庄太に追いついた。

「外堀通り」の「市ヶ谷田町」の信号を西へ入った道は、

現在、「牛込中央通り」と呼ばれ、かつての火之番横丁の坂道に相当する。
　この坂を上って行くと払方町(はらいかた)で、菜飯屋「玉の尾」がここに設定されている。
　「浄瑠璃坂」の一本北側の通りである。

火之番横丁の坂道

神楽坂(かぐらざか)

原作の舞台
二人の剣客の尾行をするのに、小柳、伊三次、庄太と手がそろっていたのだから、これは失敗するはずがない。二人は、武家屋敷がたちならぶ坂道をいくつも曲がって、牛込の通寺町へ出た。ここは、牛込御門から神楽坂をのぼって矢来下へ通じている大通りだ。

　JR「飯田橋」駅西口を出て右へ、「外堀通り」との交差点「神楽坂下」の信号を渡ると、通称「神楽坂通り」(「早稲田通り」)といい割合急な上り坂になっている。 地図❻

神楽坂

復刻版江戸切絵図〈小石川牛込〉小日向絵図（部分）

竜ノ口の評定所

> **原作の舞台**
> 秋元左近は、和田木曾太郎のような浪人たちや、旗本の子弟をあつめ、みずからこれを〔風流組〕などと称し、いかがわしい場所に出入りをしたり、取り巻きを使嗾し、巷へ出ては喧嘩を売ったり、何人もの人びとを殺傷していることもわかった。
> 長谷川平蔵の申したてにより、幕府は秋元左近を竜ノ口の評定所へ呼び出し、取り調べた結果、この年が暮れるのを待たずして、左近に切腹を命じた。

幕府の最高裁判所である評定所は、江戸城和田倉門そばの竜ノ口近くにあった。

竜ノ口は、和田倉濠と道三堀の合流部分のことを言う。

和田倉門跡

現在の和田倉橋に立つと、当時の道三堀と竜ノ口を想定することができる。

詳細は、しかるべきものを参照されたし。

評定所は、現在の千代田区丸の内一丁目4番地の、「丸ノ内仲通り」に面してある「丸の内永楽ビル」のあたりにあった。

■**参照**　四谷御門 ➡ ① P.49

　　　　四谷の天王横丁 ➡ ② P.146

　　　　牛込御門 ➡ ① P.94、② P.29

第十一巻 第四話「泣き味噌屋」

「鬼平」散策コース①
所要時間：約40分

"さと"、暴漢に襲われる……

❶新宿区四谷坂町1-8の「坂町坂」（四谷坂町の火付盗賊改方の組屋敷はこの辺に想定されていた）……❷「坂町坂」上のT字路を東へ……❸「石井スポーツ」の角を右へ曲がり直進……❹「新宿通り」（「麹町十三町目の通り」）へ出て左折……❺「四谷見附」の信号を右折して「外堀通り」を歩く……❻四谷見附公園を過ぎ、「学習院初等科前」の信号を越えて道なりに進む（この附近に喰違御門、迎賓館などあり）……❼「鮫河橋坂」を下り、「みなみもと町公園」に沿って歩く（四谷仲町の"さと"の実家・栄風堂「和泉屋」はこの辺にあった）……❽「南元町」の信号を右折して、ゆるい上り坂を道なりに進む（鮫ヶ橋谷町を想定）……❾新宿区若葉2-7を右折し「天王坂」を上る……❿坂の途中左手に東福院がある……⓫東福院の角を左へ曲がる路地へ入る……⓬真直ぐ進むと突き当たる（この辺が廃寺の跡で、"さと"の死体発見現場）

「鬼平」散策コース②
所要時間：約50分

同心・小柳安五郎と伊三次、庄太が、和田木曾太郎と柴崎忠助を尾行する

❶新宿区払方町21-6（菜飯屋「玉の尾」はこの辺にあった）……❷「牛込中央通り」を北へ上り、「牛込北町」の信号を右折して「大久保通り」へ入る……❸「大久保通り」を東へ行き、「神楽坂上」の信号を左折して「神楽坂通り」（「早稲田通り」）へ……❹神楽坂の商店街をキョロキョロしながら坂を上る（途中に京菓子處「鼓月」あり、店先で温かいみたらし団子とお茶で休憩）……❺地下鉄・東西線「神楽坂」駅を過ぎると下り坂となる（矢来下）……❻道なりに「地蔵坂」を下る（この辺の曲がり方は切絵図と同じ）……❼「牛込天神町」の信号から「江戸川橋通り」へ入り「渡邊坂」を下る……❽北野神社の先、新宿区山吹町11の「測量年金会館」の角の細い路地を左斜めに入る……❾すぐ先に、原作にある小川を想定できる十字路あり……❿山吹町130の角（中里町の和田道場を想定して）

第十一巻 第四話「泣き味噌屋」

『鬼平犯科帳』第十一巻 第五話「密告(みっこく)」

あらすじ

"今夜、九ツ半、深川・仙台堀の「鎌倉屋」へ十五人の盗賊が押し込む"という密告がある。

知らせて来たのは、四十二、三の跛(びっこ)を引く女。

長谷川平蔵は、直ちに出動し、首領の伏屋(ふせや)の紋蔵(もんぞう)以下七名を逮捕、七名を斬り捨てる。

平蔵は、捕らえた紋蔵の面影を、昔、どこかで見たような気がする……。

密偵・相模の彦十を呼び、紋蔵の面通しをさせると、やはり、「若かりし頃の御家人・横山小平次(通称・殿さま小平次)にそっくりだ……」と言う。

すると、密告してきた跛の女は、あの時の茶店「車屋」の小女"お百"で、紋蔵は、その息子なのか……？

長谷川平蔵の取調べが続く……。

主な登場人物

久兵衛：九段下に店を出す屋台の「居酒屋」の親爺
伏屋の紋蔵：盗賊の首領
殿さま小平次：御家人・横山小平次
珊瑚玉(さんごだま)のお百：紋蔵の母親で女賊。昔、茶店「車屋」の小女
笹子の長兵衛：盗賊の首領

読みどころ

- 長谷川平蔵が、徳川十代将軍・家治に拝謁したのは明和五年十二月五日のこと。このとき平蔵、二十三歳
- 長谷川平蔵は、酒も、甘いものも好む両刀づかい

「密告」を訪ねて

松永橋

> **原作の舞台**
> 足袋股引問屋「鎌倉屋」の店舗は、正面が仙台堀に面していて、東側は、堀川をへだてて永堀町へかかる松永橋である。

松永橋は現在もあり、大島川西支川と仙台堀が合流する部分に架かっている。 地図7

松永橋

深川・平野町の陽岳寺(ようがくじ)

> **原作の舞台**
> 茶店「車屋」は、深川平野町の陽岳寺門前の富岡橋北詰にあり、手づくりの〔入舟団子〕を売りものにしている。
> "お百"は、小女として「車屋」で働いていた。

陽岳寺

陽岳寺は、「清澄通り」と「葛西橋通り」の交差点角にある。

住職さんは、『鬼平犯科帳』の原作も読んだことがあり、寺が話に登場することも知っ

第十一巻 第五話「密告」 45

ている。ただ、現在の陽岳寺は少し南へ移転しており、当時は、もっと油堀に近く、今の「清澄通り」の反対側にある「三角公園」のあたりにあったと言う。 地図7

　富岡橋については、第２部88頁「搔掘のおけい」を参照されたし。

陽岳寺…東京都江東区深川２-16-27

復刻版江戸切絵図　本所深川絵図（部分）

上総の飯野

原作の舞台

"お百"は、小平次からあれだけの暴行をうけたにもかかわらず、「車屋」で、丈夫そうな男の子を生み落した。その間に、"お百"の父親が何度も江戸へ出て来たりして、三右衛門と相談したあげく、同じ上総の飯野で笠や合羽、草鞋などを商っている富蔵という三十男の後妻に入れることにした。

"お百"が後妻に入った上総の飯野を訪ねることにした。

今回も例にもれず、「上総の飯野」の何処どこと場所が特定されていないため、ここでは、「飯野陣屋跡」へ出かけてみた。

上総の飯野は、江戸期に保科家が領有した飯野藩のこと。

現在の千葉県富津市下飯野883番地に、かつての藩庁があった飯野陣屋跡がある。

周囲に土塁や濠をめぐらした広大なもので、日本の三大陣屋の一つと言われている。

飯野陣屋跡

丸太橋

> **原作の舞台**　"お百"は、跛を引き引き、生まれたばかりの子を抱いて、父親といっしょに丸太橋をわたって行った。

　丸太橋は、第一巻・第六話「暗剣白梅香」で、金子半四郎に殺しの仕事を依頼する深川の顔役・丸太橋の与平次として紹介されている。

　油堀と仙台堀をつなぐ富岡川という堀川の油堀側に架かっていた橋が丸太橋で、仙台堀の方には相生橋が架かっていた（第１部197頁を参照）。

　この堀は埋め立てられ、現在、「亀堀公園」となっている。丸太橋は公園の南端・江東区深川１-６あたりに架かっていた橋である。 地図7

浅草・今戸の長昌寺

> **原作の舞台**　江戸における伏屋一味の本拠は、浅草今戸の長昌寺・門前の茶店であって、ここは、"お百"が一手に切りまわしていた。

　長昌寺の住職さんは、寺が『鬼平犯科帳』に出てくることをよく御存じで、今でもときどき、「鬼平」ファンが訪ねて来ると言う。

　寺の山門に立って原作の舞台をた

長昌寺

どってみると、伏屋の紋蔵一味の盗人宿となっていた茶店の位置を想定することができる。

長昌寺…東京都台東区今戸2-32-16

 長谷川平蔵の愛犬クマ……

　長谷川平蔵は、第九巻・第四話「本門寺暮雪」で、本門寺総門傍の茶店「弥惣(やそう)」で飼っていた雄の柴犬・タロをもらい受け、名前をクマと変えて役宅で飼っている。

　このクマ、折にふれて『鬼平犯科帳』に顔を出す。

　そこで、クマの登場した物語を以下に列挙してみた。

第九巻・第四話「本門寺暮雪」
第九巻・第五話「浅草・鳥越橋」
第九巻・第七話「狐雨」
第十巻・第一話「犬神の権三」
第十巻・第二話「蛙の長助」
第十巻・第四話「五月雨坊主」
第十一巻・第五話「密告」

■ **参照**　深川の仙台堀 ➡ ① P.18
　　　　　浅草の真土山聖天宮（待乳山聖天）➡ ① P.100
　　　　　浅草寺 ➡ ① P.239
　　　　　富岡八幡宮 ➡ ① P.99

『鬼平犯科帳』第十一巻 第六話 「毒(どく)」

あらすじ

長谷川平蔵は、浅草寺境内で、陰陽師(おんみょうじ)・山口天竜が懐中物を掏り取られるところを目撃する。

すぐに後を追い、掏摸(すり)の伊太郎を逮捕して中味を改めてみると、"笹竜胆(ささりんどう)"の家紋がついた袱紗(ふくさ)の中に、三十両の金と毒物の薬包が縫い込まれていた。

今回の事件は、幕府の御側衆(おそばしゅう)の一人で、五千石の大身旗本・土屋左京の側用人が、出入りの陰陽師・山口天竜を使って毒薬を手に入れようとしたわけであるが、袱紗と一緒に薬包を掏り取られたことが事件の発端となった。

この一件、果たして、どのように展開するのか……。

主な登場人物

山口天竜：陰陽師
伊太郎：掏摸
土屋左京：将軍家の御側衆の一人で、五千石の大身旗本
大内万右衛門：土屋家の側用人
井坂宗仙：浅草・今戸の町医者

読みどころ

- この事件は、長谷川平蔵が扱った犯罪の中で、もっとも後味の悪いものであった
- 「打ち物の菓子」とは、木型に材料を詰めて形を作り仕上げる菓子のことで、型打ちという工程を経て作られるため「打ち物」と呼ばれる。「落雁」などが代表的
- 「鎌鼬(かまいたち)」とは、うすくて細長く小さい鋭利な刃物の上部へ何枚も紙を貼りつけ、ここを二本の指でつまむようにして持ち、すれちがいざま相手の着物を切り裂き、別の手で中の物を掏り盗る手法のこと

「毒」を訪ねて

三社権現(さんじゃごんげん)

原作の舞台

掏摸の伊太郎は、どこにでも歩いているような浪人が編笠の内から、こっちの手ぎわを見ていたとはすこしも知らず、三社権現のうしろをまわり、奥山から境内をぬけ、浅草田圃へ出た。

　三社権現は、現在、浅草神社といい、台東区浅草の浅草寺本堂の東隣にある。
　何と言っても、「三社祭」が有名だ。

浅草神社

浅草神社…東京都台東区浅草2-3-1

神田の三河町二丁目

原作の舞台

神田三河町は一丁目から四丁目まであり、筋違御門の西南を江戸城・外濠へかけて細長くつらなる町で、現千代田区神田司町から内神田の一部がこれに相当する。
このあたりは、徳川初代将軍・家康が江戸へ入国したときからひらけた町屋であって、三河の国から移住して来た町人が住んだところから町名が生まれた。
陰陽師・山口天竜の家は、三河町二丁目にあり、椿餅というのを名代にしている菓子舗・那須屋忠兵衛方と打物問屋の豊島屋市兵衛方にはさまれた細道を入った突当りの小ぎれいな二階家で、これは豊島屋の家作だそうな。

　神田駅西口から「神田西口通り」の商店街を行くと、「外堀通り」へ出る。この「外堀通り」の西側の千代田区内神田一丁目の一部が、当時の三河町二丁目に相当する。

今戸の称福寺

原作の舞台

陰陽師・山口天竜は、浅草の広小路で駕籠を下りると、花川戸へ出て今戸へ行き、称福寺という寺のすじ向いにある町医者・井坂宗仙の家に入る。

　称福寺の奥さんによると、『鬼平犯科帳』に出てくることは承知しているとのこと。

今戸の称福寺

称福寺…東京都台東区今戸2-5-4

築地の西本願寺

> **原作の舞台**　山口天竜が駕籠を下りたのは、築地の西本願寺の西側の路上においてであった。
> いつの間にか、雪が熄んでいる

築地の西本願寺は、現在は築地本願寺といい、都内で最も有名な寺院の一つである。 地図8

築地本願寺

築地本願寺
…東京都中央区築地3-15-1

門跡橋（もんぜきばし）

> **原作の舞台**　山口天竜は、あたりを見まわしたのち、西本願寺・南側の堀川に懸かっている門跡橋をわたり、南小田原町へ入る。

「門跡橋」は、築地川南支川に架かっていた橋のことで、近江屋板の切絵図では「門跡橋」に、尾張屋板では「本願寺橋」となっている。現在の「晴海通り」にある「門跡橋」の道路標識と橋脚の跡は、昭和三年に架けられた震災復興橋の跡で、原作の「門跡橋」とは位置が違っている。 地図8

門跡橋の標識

復刻版江戸切絵図　京橋南築地鉄炮洲絵図（部分）

二ノ橋、三ノ橋

原作の舞台
侍を乗せた町駕籠は、西本願寺と堀川にはさまれた道を西へすすむ。このあたりには、ほとんど武家屋敷か大名の下屋敷ばかりだし、この雪空では通行の人影も、ほとんど絶えていた。
前方に二ノ橋を見て駕籠がすすむ、その横合いの三ノ橋のたもとに立っていた編笠の浪人がぱっと飛びかかり、先棒を担いでいた駕籠かきを突き飛ばしたものである。

二ノ橋は築地川に架かっていた橋で、采女橋ともいい、現在もある。

銀座方面から来ると、三十間堀に架かっていた木挽橋を俗に一ノ橋と呼んでいたところから付けられた名前である。

三ノ橋も、築地川に架かっていた橋だが、現在は川の埋め立てに伴い撤去されている。首都高速・都心環状線の銀座入口あたりに相当する。 地図8

采女橋（二ノ橋）

第十一巻 第六話「毒」

京都・七条の西洞院(にしのとういん)

原作の舞台

陰陽師・山口天竜が、京都にいられなくなったのは、人を殺したからである。
出入りをしていた七条の西洞院の蠟燭油問屋・能登屋又七の内儀"ふさ"と密通をし、二人して能登屋の主人を毒殺しようとしたのが、未然に発覚したとき、山口天竜は能登屋の手代をひとり、殺害している。

京都の「七条通り」と「西洞院通り」の交差点西側に、蠟燭・薫香の店「わた悟」がある。

店に入って、筆者が東京からやって来た主旨を説明すると、最初は何のことやら意味が分か

七条西洞院の標識

らず当惑していたが、『鬼平犯科帳』の原作のくだりを見てもらうと、驚くやら感心するやら。

「わた悟」は二百三十年余り続く老舗で、現在の御主人（息子さん）は十代目。父親が学校の教師をしていたので、九代目は母親が継いだそうだ。

当時、この辺には多くの蠟燭問屋があったが、今では蠟燭をつくって販売している店は「わた悟」だけになってしまったと言う。

御主人は、『鬼平犯科帳』のこの辺の記述は御存じなく、筆者が見せた文庫本を手に取って不思議そうにながめ、「ぜひ、読んでみたい」と、おっしゃっていた。

現在の京都七条西洞院附近

 「鬼平」夫婦の大人の会話……

「久栄」

「はい？」

「ちかごろは……」

「ちかごろは、何でございます？」

「大分に……」

「大分に？」

「肥えたな」

■ **参照**　浅草寺の仁王門、絵馬堂 ➡ ① P.239

　　　　　本所二ツ目の軍鶏鍋屋「五鉄」 ➡ ① P.24、P.224

　　　　　神田の筋違御門 ➡ ① P.101

　　　　　鎌倉河岸 ➡ ① P.51

「鬼平」散策コース

所要時間：約1時間20分

長谷川平蔵と掏摸の伊太郎が、陰陽師・山口天竜の駕籠を追う……

❶「外堀通り」の「神田西口通り」の信号（神田三河町二丁目の陰陽師・山口天竜の自宅はこの近くにあった）……❷「外堀通り」を南へ、「鎌倉橋」の信号を左折……❸「外堀通り」に沿って進行（途中、竜閑川・竜閑橋、常磐橋などを確認して）……❹一石橋を渡る……❺「呉服橋」の信号を越え、東京駅八重洲口前を通過……❻「鍛冶橋」の信号を左折して「鍛冶橋通り」を東へ……❼「中央通り」「昭和通り」を越えて弾正橋を渡る……❽「八丁堀駅前」の信号を右折して「新大橋通り」へ……❾「新大橋通り」を南へ行き、「入船橋」の信号を越える……❿築地本願寺（山口天竜はここで駕籠を下りる）……⓫さらに「新大橋通り」を南へ進み、「晴海通り」を越えて市場橋を左折……⓬旧門跡橋の跡を見て引き返し……⓭三ノ橋の跡（首都高速・銀座入口）……⓮采女橋（二ノ橋）

『鬼平犯科帳』第十一巻 第七話「雨隠れの鶴吉」

あらすじ

盗賊・雨隠れの鶴吉は、女房の女賊"お民"を連れて十二年ぶりに江戸へ戻る。

鶴吉は、日本橋・室町二丁目の茶問屋「万屋」の主人・源右衛門が女中の"おみつ"に生ませた子であったが、わけあって家を飛び出し、今では盗賊稼業に身をやつしていた。

江戸へ来て半月たったある日、鶴吉は、新大橋東詰の茶店で、子供のころ世話になった乳母の"お元"と出会う。

"お元"と鶴吉の再会は、茶店を訪れる乞食坊主の井関録之助の知るところとなり、さらに、"お元"から「万屋」の主人・源右衛門にも伝えられる。

喜んだ源右衛門は、鶴吉夫婦を「万屋」に招いて逗留してもらい、いずれは、店の身代を鶴吉に譲り渡そうと考えていた。

ところが、「万屋」へ来て二日目のこと、"お民"は、下男として住み込んでいる男が盗賊・稲荷の百蔵配下の貝月の音五郎だと気付く……。

主な登場人物

雨隠れの鶴吉：茶問屋「万屋源右衛門」の妾腹の子で、いまは盗賊
お民：鶴吉の女房で女賊
万屋源右衛門：茶問屋「万屋」の主人で、鶴吉の父親
貝月の音五郎：盗賊・稲荷の百蔵配下の引き込み役
稲荷の百蔵：盗賊の首領

読みどころ

- 今回の主役は、盗賊の夫婦と長谷川平蔵の莫逆の友・井関録之助

「雨隠れの鶴吉」を訪ねて

京都の綾小路新町西入ル

原作の舞台

鶴吉と"お民"は、秋のはじめに、京都の綾小路新町西入ルところの金箔押所・吉文字屋三郎助方へ押し入った釜抜き清兵衛一味の引き込みを、首尾よくつとめ終せたばかりであった。

「京都の綾小路・新町西入ル」は、京都市下京区矢田町。

池波さんは、この通りにある重要文化財「杉本家住宅」のあたりに、金箔押所・吉文字屋三郎助を想定したと考えられる。

金箔押所・吉文字屋三郎助は、『京都買物獨案内』の〔金箔押職 吉文字屋庄兵衛 綾小路新町西へ入町〕をヒントに書かれたものか。

重要文化財「杉本家住宅」

杉本家住宅…京都市下京区綾小路通新町西入ル矢田町116

大坂の伏見町

原作の舞台
鶴吉と"お民"は、大坂の伏見町にある唐物屋・坪井屋清兵衛の息子夫婦が江戸見物にきたというふれこみで、内神田の須田町一丁目の旅籠〔木槌屋与八〕方へ旅装を解いた。
大坂の坪井屋は、釜抜き清兵衛の本拠であり、盗みばたらきをせぬときの清兵衛は何くわぬ顔をして、唐物屋のあるじにおさまっているのである。

現在の伏見町は、大阪市中央区の北方にあり、「御堂筋」をはさんで東西に長い町で、一丁目から四丁目まである。

日本橋・室町二丁目

原作の舞台
茶問屋「万屋」は、日本橋・室町二丁目にあった。この店のあるじの源右衛門は、養子で、「万屋」のひとり娘だった"お才"との間には、当時、十五年も子が生まれず、そのかわりに、そっと手をつけた女中が男の子を生んだ。これが鶴吉である。

日本橋・室町二丁目は、「中央通り」にある三越本店の反対側で、現在の「コレド室町1」のあたりに相当する。

この附近は、今でも昔の道路や町名が残っている

コレド室町

が、かつての「伊勢町堀」が埋め立てられ、「昭和通り」が通るようになってから、ややこしくなっている。 地図❾

本小田原町の通り

> 原作の舞台
> "お民"は、「万屋」の裏口から出て本小田原町の通りを東へすすみ、堀割に突き当ってから右に折れた。前方に、江戸橋が見える。このあたりは江戸の魚市場に近いので、種々雑多な店が立ちならび、人通りがはげしい。

　本小田原町の通りは、現在の日本橋「中央通り」の室町一丁目5と6の間を東へ入る、通称「むろまち小路」がこれに相当する。 地図❾

復刻版江戸切絵図　日本橋北内神田両国浜町明細絵図（部分）

程ヶ谷の宿場の「桔梗屋(ききょうや)」

> **原作の舞台**
> 万屋源右衛門が、おのれの油断を悔みぬいているころ、鶴吉夫婦は早くも程ヶ谷の宿場へ入り、桔梗屋という旅籠へ草鞋(わらじ)をぬいでいた。

　程ヶ谷宿の桔梗屋は、『五街道細見』（岸井良衞：著）に旅籠「桔梗屋利兵衛」として記載がある。

伊豆の国・熱海温泉の「伊豆屋」

> **原作の舞台**
> それから五日後の夜……。
> 伊豆の国・熱海の温泉の、海岸に近い下町の〔伊豆屋久右衛門〕方の内湯に、井関録之助はどっぷりとつかりこんでいた。
> 先刻、江戸から此処へ到着したばかりの録之助であった。
> 朦々とたちこめている湯けむりの中に、録之助とは別の人影が二つ、うごいた。
> 雨隠れの鶴吉と"お民"である。

　伊豆の国・熱海温泉については、第十三巻・第一話「熱海みやげの宝物」（→111頁）を参照されたし。　　地図19

ついでに　京都の「天使突抜(てんしつきぬけ)」

　逢坂剛さんの『平蔵狩り』（文藝春秋）に、〔"いせ"は京都の西本願寺の北にある天使突抜、という奇妙な名前の通りで、母親

第十一巻 第七話「雨隠れの鶴吉」

の"しま"と二人小間物屋を営んでいた〕という描写がある。

　京都へ出かけたついでに、この「天使突抜」という妙な名前の路地に寄ってみた。

「天使突抜」は、京都市下京区の「東中筋通り」に沿った地区のことで、住所地としては天使突抜１丁目から４丁目まである。

　この「東中筋通り」を歩いてみた。

　本書の第１部134頁にとりあげた「醒ヶ井通り」より、もっと変哲のない京都の裏路地だ。

　この道を北へ向かってぶらぶら歩いてみたが、何かあるわけではない。早々に、「松原通り」へ出て東へ行き、「ISHIHARA」という珈琲店でひと休みした。

　もう少し東へ行くと、五條天神宮がある。「天使突抜」の「天使」という語源は、この五條天神に由来するらしい。

天使突抜附近

■ **参照**　新大橋 ➡ ② P.26

　　　　　神田明神社 ➡ ② P.187

　　　　　江戸橋 ➡ ① P.96

　　　　　思案橋 ➡ ② P.38

　　　　　目黒不動 ➡ ① P.38、76　② P.231

「鬼平」散策コース

所要時間：約30分

"お民"が茶問屋「万屋」を出る、引き込みの音五郎が後を追う……

❶日本橋室町二丁目の「コレド室町1」（茶問屋「万屋」はこの辺にあった）……❷「中央通り」を日本橋方向へ少々歩き、「むろまち小路」を左折……❸この小路（本小田原町の通り）は「昭和通り」へぶつかると渡れない、少し北へ行って「本町二丁目」の信号を渡り「昭和通り」に沿って少々南へ戻る（江戸橋方向へ）……❹本町一丁目6番と7番の間の路地へ入る（この路地の「昭和通り」の反対側の小道が「むろまち小路」）……❺最初の路地を右折して南へ（この路地が伊勢町堀の西側の道で、かつては江戸橋へ続いていた）……❻「小舟町」の信号を渡って日本橋川に沿って歩く……❼「小網町児童遊園」（思案橋と船宿「加賀や」はこの辺にあった）

第十一巻 第七話「雨隠れの鶴吉」

『鬼平犯科帳』第十二巻 第一話 「いろおとこ」

あらすじ

火付盗賊改方の同心・寺田又太郎が、盗賊・鹿熊の音蔵に殺害されてから一年がたつ。

跡を継いで盗賊改方の同心となった弟の金三郎は、何とか自分の手で兄の仇を討ちたいと、ひそかに音蔵の行方を追っていた。

そんなある日、金三郎は、回向院境内で、自分を兄の又太郎と見間違えて逃げようとする"おせつ"という女を逮捕する。

金三郎は、兄の仇・鹿熊の音蔵の居所をぜひ突き止めて欲しいと"おせつ"に頼み、捕縄をといて釈放する。

しばらくして、"おせつ"から音蔵について情報があるという連絡をもらい、金三郎は、本所・北松代町の代地にある居酒屋「山市」を訪れる。

この店は、"おせつ"の伯父・市兵衛の店で、いまは"おせつ"もここに身を寄せていた……。

主な登場人物

寺田金三郎：寺田又太郎の弟で火付盗賊改方の同心
寺田又太郎：金三郎の兄
鹿熊の音蔵：盗賊の首領
おせつ：もと女賊
市兵衛：居酒屋「山市」の主人で、"おせつ"の伯父

読みどころ

● この話に登場する"おせつ"という女の描写を読んでいると、第一巻・第一話『啞の十蔵』に出て来た"おふじ"という女を思い出す。「弱々しく、さびしげでひたむきな……」、こういう女に池波さんも弱かったのか……？

「いろおとこ」を訪ねて

北辻橋、四ツ目橋、深川北松代町の代地

原作の舞台

寺田金三郎は、堅川辺りの道を、どこまでも東へすすむ。いつもの市中巡回の着ながし姿で、外へ出ると、金三郎は懐中から頭巾を出してかぶった。
三ツ目橋のたもとをすぎ、横川との合流地点に懸かっている北辻橋をわたり、四ツ目橋の北詰をすぎると、深川北松代町の代地の一角に、〔居酒屋・山市〕と、軒行燈(のきあんどん)を掛けた小さな居酒屋があった。

　北辻橋は現在ない。大横川のこの部分が公園になっていて橋は撤去されている。堅川と交叉する反対側の南辻橋は、同じ位置に架かっている。

　四ツ目橋については、本書の第1部199頁、第2部144頁を参照されたし。

　深川北松代町の代地は、現在の墨田区江東橋四丁目の一部に相当する。 地図10

北辻橋跡の公園

第十二巻 第一話「いろおとこ」　67

復刻版江戸切絵図　本所絵図（部分）

本所の枕橋北詰にある蕎麦屋「さなだや」

原作の舞台
この日。"おせつ"は寺田金三郎を本所の枕橋の北詰にある〔さなだや〕という蕎麦屋へいざなった。
縛られた両手を袂で隠した"おせつ"に、ぴたりと寄り添った金三郎は麻の縄尻をはなさなかったが、道行く人びとの目に、そうした二人だとは映らなかったろう。

本所の枕橋は、その昔、源兵衛橋・源森橋とも言った。この橋の北詰にある蕎麦屋「さなだや」は、第二巻・第一話「蛇の眼」で、長谷川平蔵と兇賊・蛇の平十郎が、お互いの素性を知らないまま偶然出会った場所である。

本書の第1部72頁を参照されたし。

茅場町薬師

原作の舞台
"おせつ"が、茅場町薬師前の薬種問屋・中村屋多兵衛方への押し込みの連絡をつけているところを、通りかかった密偵・堀切の彦六が見かけ、"おせつ"の居所をたしかめ、これを寺田又太郎へ報告する。

茅場町薬師は現在ないが、別当を務めた智泉院が中央区日本橋茅場町にあり、境内には薬師堂についての説明板がある。

智泉院

智泉院…東京都中央区日本橋茅場町1-5-13

ひとやすみ 『鬼平犯科帳』のきほんの基本

　史実では、火付盗賊改方の役宅は、その任についた先手組の組頭の自宅が使われた。

　従って、長谷川平蔵の場合、本所・三ツ目の菊川の屋敷が役宅で、長男の辰蔵と次女の"清(きよ)"も、この菊川の家で平蔵夫婦と同居していたことになる。

　組下の与力・同心は、組屋敷が目白台にあったので、本所の役宅まで毎日通勤していたわけである。

　ところが、池波さんは、『鬼平犯科帳』では、火付盗賊改方の役宅を清水門外に置き、長谷川平蔵と妻女の"久栄"をここで生活させ、自宅は、目白台に置き、長男の辰蔵が妹の"清"と留守をあずかり、配下の組屋敷は四谷坂町に設定した。

　さらに、屋敷替えをするまでの長谷川家は、本所に家があり、若い頃の平蔵は、本所・深川で「剣の修行もしたし、遊んだし……」という基本構想になっている。

　こうして、『江戸切絵図』をいっぱいに広げ、右に『江戸名所図会』、左に『江戸買物獨案内』を備え、天明から寛政の江戸に、「鬼平」や密偵、盗賊を縦横に走らせたわけである。

■**参照**　堅川の三ツ目橋 ➡ ② P.241

　　　　天神川 ➡ ① P.13

　　　　回向院 ➡ ① P.39

　　　　亀戸天神・門前の料理茶屋「玉屋」 ➡ ① P.102

「鬼平」散策コース

所要時間：約60分

同心・寺田金三郎が"おせつ"を捕縛して枕橋へ……

❶回向院の旧正門（両国幼稚園前に説明板あり）……❷「一ノ橋通り」を北へ……❸「京葉道路」を越えて直進……❹道なりに進み、「両国駅西口」の信号を越え、JR総武線のガードをくぐって「国技館通り」へ合流……❺両国国技館、旧安田庭園を経てさらに北へ進む……❻厩橋東詰から「隅田川テラス」を散策して……❼吾妻橋東詰で「隅田川緑道」へ……❽道なりに進むと枕橋がある（蕎麦屋「さなだや」は橋の北詰西側にあった）

第十二巻 第一話「いろおとこ」

『鬼平犯科帳』第十二巻 第二話 「高杉道場・三羽烏」

あらすじ

深川・石島町の船宿「鶴や」の主人で密偵の小房の粂八は、客として来た盗賊"砂蟹のおけい"と笠倉の太平の密談を聞く。

それによると、長沼又兵衛という浪人者を首領とする盗賊団が、近く、巣鴨の徳善寺に押し込む予定で、又兵衛は、昔、高杉銀平道場で長谷川平蔵と同門であったと言う。

押し込みは十日後のことだ。

長沼又兵衛は、当時、高杉道場で長谷川平蔵、岸井左馬之助と共に「三羽烏」と言われた腕前とか。

粂八からの報告を受けた平蔵は、直ちに捜査を開始。

自らも、巣鴨の従兄・三沢仙右衛門の紹介で、徳善寺に寄宿して一味が現れるのを待つ……。

主な登場人物

砂蟹のおけい：女賊
笠倉の太平：盗賊
長沼又兵衛：盗賊の首領で、もと高杉道場の門人
念誉和尚：徳善寺の住職
三沢仙右衛門：長谷川平蔵の従兄で、巣鴨の大百姓

読みどころ

- 『鬼平犯科帳』には、高杉道場の関係者が何人も登場してくるが、〔ひとやすみ〕コーナー（→76頁）に道場の同門会名簿を作ってみた
- 「鬼の平蔵」、この事件でも見事な温情裁き

「高杉道場・三羽烏」を訪ねて

神田佐久間町四丁目

> **原作の舞台**
> 岸井左馬之助は、神田佐久間町四丁目にある一刀流・松浦源十郎元宣の道場の代稽古をしていた。

　神田佐久間町は、神田川の北側にあり、筋違御門から新橋（現：美倉橋）までの東西に長い町並で、現在も町名が残っている。
　佐久間町四丁目は「清洲橋通り」の西側にあたる。

巣鴨の徳善寺

> **原作の舞台**
> 海巌山・徳善寺は、三沢屋敷からも近い。
> 中仙道へ通じる道の中程を北へ切れこんだ突当りに表門があり、本堂も庫裡も藁屋根の、鄙びた寺であった。
> しかし、奥庭の一隅に建てられた土蔵は、なかなか立派なもので、近辺の人びとは、「徳善寺の土蔵の中には、金が唸り声をあげて、外へ出たがっているよ」などと、うわさし合っているという。

　徳善寺は、原作者の創作によるもので実在しない。

　地図11

今昔散歩重ね地図（巣鴨）

日本橋・住吉町の竈河岸

原作の舞台

日本橋・住吉町の、堀川に面した竈河岸に〔木屋孫左衛門〕という文房具屋がある。店舗は小さいが、扱う品物は筆にしろ硯・墨にしろ、最高級のものばかりで、京都から直接に仕入れをした物が多く、顧客の中には大名も旗本もいるという。
主の孫左衛門は、船宿〔鶴や〕をひいきにしてくれ、舟の用事があると、鶴やの舟が大川から三ツ俣、浜町堀を通り、竈河岸へ着ける。
こういうわけで、盗賊改方では木屋の裏二階の一間を〔見張り所〕に借り受けたのであった。

　竈河岸は、第二巻・第五話「密偵」に初登場した。本書の第１部112頁を参照されたし。

鴻巣の旅籠・玉屋弁蔵

原作の舞台 盗賊・長沼又兵衛一味は、中仙道・鴻巣の旅籠・玉屋弁蔵方に集結し、江戸へ入る予定だった。

『五街道細見』(岸井良衞:著)には、中仙道の鴻巣より一つ手前の桶川宿に旅籠「玉屋弁蔵」の記載がある。

■参照　深川・石島町の船宿「鶴や」➡① P.59
　　　　柳島の天神川 ➡① P.13
　　　　小名木川 ➡② P.91
　　　　万年橋 ➡② P.23
　　　　王子権現 ➡① P.88
　　　　護国寺 ➡① P.178
　　　　浜町堀 ➡① P.73

高杉銀平道場・同門会名簿

名前	プロフィール	初登場ページ
高杉銀平	道場主	第一巻・第二話「本所・桜屋敷」
長谷川平蔵	火付盗賊改方の長官	第一巻・第一話「啞の十蔵」
岸井左馬之助	長谷川平蔵の親友で剣友	第一巻・第二話「本所・桜屋敷」
大橋与惣兵衛（よそべえ）	長谷川平蔵の妻女・久栄の父	第三巻・第六話「むかしの男」
井関録之助	乞食坊主	第五巻・第二話「乞食坊主」
菅野（すがの）伊介	殺し屋	第五巻・第二話「乞食坊主」
松岡重兵衛	浪人盗賊	第七巻・第五話「泥鰌の和助始末」
林内蔵助（くらのすけ）	五千石の大身旗本	第七巻・第七話「盗賊婚礼」
小野田治平	浪人で左馬之助の妻女"お静"の父	第八巻・第六話「あきらめきれずに」
長沼又兵衛	盗賊の首領	第十二巻・第二話「高杉道場・三羽烏」
野崎勘兵衛	浪人	第十四巻・第一話「あごひげ三十両」
小野田武助	稲垣信濃守の家臣	第十四巻・第四話「浮世の顔」
八木勘左衛門	御家人	第十四巻・第四話「浮世の顔」
池田又四郎	浪人盗賊	第十六巻・第六話「霜夜」
滝口丈助	剣客	第十八巻・第五話「おれの弟」
原口新五郎	浪人	第十九巻・第三話「おかね新五郎」
井上惣助	旗本	第二十巻・第三話「顔」
横川甚助	浪人	第二十巻・第六話「助太刀」

『鬼平犯科帳』第十二巻 第三話「見張りの見張り」

あらすじ

密偵・舟形の宗平は、五郎蔵夫婦と住んでいる本所相生町の煙草屋「壺屋」で、偶然、煙草を買いに来た盗賊・長久保の佐助と出会う。

二人は、昔の仲間で、親友だ。

佐助は、一人息子・佐太郎を殺した盗賊・杉谷の虎吉を捜して江戸へ来たと言う。

虎吉は、以前、大滝の五郎蔵の手下だったことがあり、宗平と五郎蔵は、極秘に捜査に乗り出す。

一方、長谷川平蔵は、本郷四丁目の紙問屋「伊勢屋」に押し入り、主人夫婦以下二十数名を惨殺し、金品を奪って逃走した兇賊の探索に追われていた。

ある日、「伊勢屋」事件の聞き込みに、品川宿に来た密偵の伊三次は、五郎蔵を尾行する長久保の佐助を目撃し、不審に思う……。

主な登場人物

長久保の佐助：「一人ばたらき」の盗賊
杉谷の虎吉：盗賊の首領で、もと大滝の五郎蔵の手下
おろく：虎吉の女房
万福寺の長右衛門：盗賊の首領
橋本の万造：もと万福寺一味の盗賊
大滝の五郎蔵：もと盗賊の首領で、いまは長谷川平蔵の密偵

読みどころ

- 今回の主役は、密偵の大滝の五郎蔵と舟形の宗平、伊三次
- 舞台は品川宿
- 五郎蔵と"おまさ"夫婦の家の場所が、具体的に書かれている

「見張りの見張り」を訪ねて

本所相生町四丁目の五郎蔵夫婦と宗平の家

原作の舞台

五郎蔵夫婦と宗平の家は、本所・相生町四丁目の裏通りに面している。
道をへだてた北側は、大身旗本・本多家の宏大な屋敷の土塀であった。
四丁目と五丁目の境の道が、俗に〔二ツ目通り〕とよばれる道で、南へ行くと二ツ目橋。その角地に、長谷川平蔵なじみの軍鶏鍋屋〔五鉄〕がある。

本所・相生町四丁目の五郎蔵夫婦と宗平の家については〔ひとやすみ〕コーナー（→81頁）で詳しく述べる。

南品川の青物横丁

原作の舞台

五郎蔵は、宿場町の裏道をぬけ、南品川の青物横丁のあたりから東海道へ出た。
それから、街道を引き返しはじめた。
つまり、これから東海道を江戸へ入るというかたちになったのである。

青物横丁は、旧東海道の「東海道南品川」の信号から西へ入る路地のことで、この道は「池上通り」へ続いている。「青物横丁」の名は、京浜急行「青物横丁」駅にその名前が残っている。 地図12

妙国寺

原作の舞台 東海道を引き返しはじめた大滝の五郎蔵は、妙国寺門前を通りぬけ、南品川四丁目へさしかかった。

妙国寺については、本書の第2部273頁を参照されたし。 地図12

天妙国寺（妙国寺）

天妙国寺…東京都品川区南品川2-8-23

今昔散歩重ね地図（南品川）

第十二巻 第三話「見張りの見張り」

掃部宿(かもんじゅく)

> **原作の舞台**
> 佐助は、江戸市中を横切り、千住宿へ入った。高輪へ出たとき、大滝の五郎蔵の姿は、どこにも見えなかった。品川から約四里の道程である。千住大橋の手前で駕籠を乗り捨て、橋をわたって掃部宿とよばれる町すじにある小さな旅籠〔山本屋文吉〕方へ入った佐助は、間もなく、旅姿となってあらわれ、今度も駕籠をやとい、江戸市中へ引き返した。

　掃部宿は千住大橋より北側の千住宿の一部で、現在の足立区千住仲町あたりに相当する。

日光街道・草加の宿の旅籠「岩木屋清吉」

> **原作の舞台**
> 長久保の佐助が、もとは万福寺一味の盗賊だった橋本の万造に出合ったのは、去年の十一月の或日のことであった。
> 場所は、日光街道・草加の宿の旅籠〔岩木屋清吉〕方においてだ。二人は偶然に泊り合せ、風呂場の中で、ばったり顔を合せたのだ。

　日光街道・草加の宿の旅籠〔岩木屋清吉〕は、『五街道細見』(岸井良衞:著)に、草加の宿の旅籠「岩木屋長七」として記載がある。

中目黒村の真明寺

原作の舞台
江戸郊外・中目黒村に、真明寺という寺がある。
もっとも、この寺、いまは廃寺だ。
目黒川を北にして、真明寺の廃墟は木立の中にしずもり返っている。鐘を取り外した釣鐘堂だけが石を積んだ台上に残っていた。
長谷川平蔵にすべてを告白してから二日目の七ツ（午後四時）前に、大滝の五郎蔵が、この釣鐘堂の下に屈みこみ、ひとりで煙草を吸っていた。

　真明寺は、原作では廃寺として描写されているが、切絵図には認められず、かつて、真明寺が存在したかどうか調べることができなかった。

　池波さんの創作によるものか？

**ひとやすみ　本所・相生町の五郎蔵・おまさ夫婦と宗平の
　煙草屋「壺屋」について** 地図13

　五郎蔵夫婦と義理の父・舟形の宗平の家である本所・相生町の煙草屋「壺屋」は、第六巻・第六話「盗賊人相書」に初めて登場する。

　そこでは、「五郎蔵は、老盗賊・舟形の宗平と共に、平蔵から見こまれて〔密偵〕となり、いまは、本所・相生町五丁目で小さな煙草屋の主人におさまり、蔭へまわって盗賊改方のために活躍しているのだ」と、なっている。

　以後、五郎蔵と宗平の家は、本所・相生町五丁目として書き続

けられ（第七巻・第三話「はさみ撃ち」など）、後に、五郎蔵と"おまさ"が結婚して（第九巻・第二話「鯉肝のお里」）、"おまさ"もこの煙草屋に住むようになる。

　ところが、この「見張りの見張り」では、「五郎蔵夫婦と宗平の家は、本所・相生町四丁目の裏通りに面している。道をへだてた北側は、大身旗本・本多家の宏大な屋敷の土塀であった。四丁目と五丁目の境の道が、俗に〔二ツ目通り〕とよばれる道で、南へ行くと二ツ目橋。その角地に、長谷川平蔵なじみの軍鶏鍋屋〔五鉄〕があり……」と、住居の場所が具体的に書かれている。

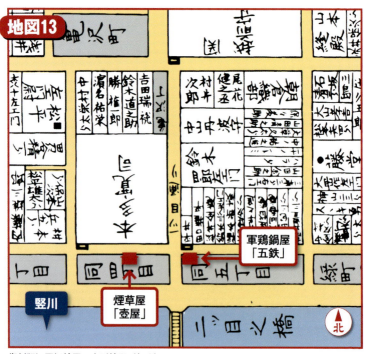

復刻版江戸切絵図　本所絵図（部分）

また、第二十三巻・特別長篇「炎の色」でも、「五郎蔵夫婦の家は、本所・相生町四丁目の裏通りに面してい、道をへだてた北側は旗本屋敷の土塀であった」と、なっている。

　これまで、相生町五丁目とされてきた煙草屋「壺屋」については、ここまで具体的には記述されていない。

　従って、五郎蔵・おまさ・宗平の家である煙草屋「壺屋」は、本所・相生町四丁目に統一することが望ましいのではないか……。

■ **参照**　二ツ目橋 ➡ ① P.24
　　　　　千住大橋 ➡ ② P.24
　　　　　東海道・島田宿 ➡ ① P.29
　　　　　両国橋 ➡ ② P.40
　　　　　目黒川 ➡ ① P.232

『鬼平犯科帳』第十二巻 第四話 「密偵たちの宴(うたげ)」

あらすじ

長谷川平蔵が最も信頼する密偵六人(相模の彦十、舟形の宗平、大滝の五郎蔵、小房の粂八、伊三次、おまさ)が、五郎蔵夫婦の家に集まり、久し振りに懇親会を開いた。

六人はいずれも、もと本格派の盗賊。

昔話に花が咲き、飲むほどに、酔うほどに、誰からともなく「盗めの血が騒ぐ……」、「本格的な盗めの芸は……」と、いうような話になる。

"おまさ"は、はらはらしながら聞いていたが、話はどんどんエスカレート。ついに、狙うは浅草・橋場の悪徳金貸し医者・竹村玄洞(たけむらげんどう)の金蔵と決定する。

それぞれ六人が、玄洞宅の情報収集をしていたある日のこと、大滝の五郎蔵は、この玄洞の屋敷を狙っている盗賊がいることに気付く。

報告を受けた長谷川平蔵は、直ちに捜査を開始、兇賊・鏡の仙十郎一味を一網打尽にする。

だが、事件はこのまま終わらなかった……。

主な登場人物

いつもの密偵六人：**相模の彦十、舟形の宗平、大滝の五郎蔵、小房の粂八、伊三次、おまさ**

竹村玄洞：悪徳金貸し医者
草間の貫蔵：鏡の仙十郎配下の盗賊
鏡の仙十郎：盗賊の首領

読みどころ

- 筆者が選んだ「鬼平」ベスト20のひとつ
- 話の最後を飾る"おまさ"の啖呵が、何とも小気味いい！

「密偵たちの宴」を訪ねて

総泉寺

原作の舞台 相模の彦十は、総泉寺門前で煮売り屋の店を出している宗次郎から聞き込みをする。

総泉寺は、昭和四年、板橋区小豆沢3-7-9へ移転している。

山谷の春慶寺

原作の舞台 番頭の女房"おさわ"の葬式は、竹村玄洞宅でひっそりとおこなわれ、骨は、山谷の春慶寺へおさめられた。

春慶寺は、尾張屋板の地図の間違いで、正しくは春慶院。
春慶院は、台東区東浅草にある。

春慶院

春慶院…東京都台東区東浅草2-14-1

下谷・山崎町一丁目の仙竜寺

原作の舞台 金貸し医者・竹村玄洞宅の金蔵の前で見張りをしている二人の浪人は、下谷・山崎町一丁目の仙竜寺の裏手にある小じんまりとした二階家に住んでいた。

仙竜（龍）寺は、文京区本駒込1-8-13へ移転している。

浅茅ヶ原
あさじ　はら

原作の舞台 浅草へ出た五郎蔵は、待乳山聖天の前をぬけ、山谷堀をわたり、寺院ばかりが両側にたちならぶ道を何度も曲がって、浅茅ヶ原へ出た。
浅茅ヶ原は、梅若丸の伝説にゆかりのあるところで、名刹・総泉寺の地つづきになっている。

　昔、むかし、浅草の花川戸から橋場のあたりは、浅茅ヶ原と呼ばれる広大な野原だったとか。

　その後、嘉永六年（1853年）に出版された江戸切絵図には、浅茅ヶ原は、橋場の総泉寺の南側で、福寿院の北側に描かれている。 地図14

姥ヶ池の記念石碑

　現在の浅草・橋場一丁目一帯に相当するが、住宅地になっていて当時を偲ぶものは残っていない。

　花川戸公園（台東区花川戸2-4）に、浅茅ヶ原にあっ

た「姥ヶ池」の記念石碑と説明板が残っている。

福寿院

原作の舞台

五郎蔵は菅笠をかぶり、小荷物を背負い、裾を端折った素足に草鞋をはき、ゆっくりと歩を運びつつ、浅茅ヶ原を突切り、福寿院の北側の塀沿いについている小道を橋場町へ出るつもりであった。

福寿院は、台東区橋場にある。
地図14

福寿院…東京都台東区橋場1-16-2　　　　　　　　　福寿院

今戸の妙高寺

原作の舞台

長谷川平蔵の下知によって、今戸の妙高寺に待機していた捕方二十名と、盗賊一味の舟を尾行して来た舟手の捕方二十名ほどが、いっせいに玄洞宅を包囲した。

今戸の妙高寺は、関東大震災後、昭和二年、世田谷区北烏山6-23-1へ移転している。地図14

■参照　待乳山聖天 ➡ ① P.100
　　　　山谷堀 ➡ ① P.111、188

第十二巻 第四話「密偵たちの宴」

復刻版江戸切絵図〈今戸箕輪〉浅草絵図（部分）

「鬼平」散策コース

所要時間：約1時間30分

大滝の五郎蔵、浅草の橋場へ行く……

❶堅川に架かる二之橋北詰（五郎蔵と"おまさ"夫婦の煙草屋「壺屋」はこの辺にあった）……❷「二之橋北詰」の信号から「馬車通り」を西へ……❸一之橋北詰を右折して「一ノ橋通り」を北へ進む……❹「京葉道路」の信号を左折して両国橋を渡り直進……❺「浅草橋」の信号を右折して「江戸通り」へ入り、北へ向かう……❻しばらくは「江戸通り」に沿って歩く……❼「蔵前橋通り」・「春日通り」・「浅草通り」を越えて浅草へ……❽吾妻橋西詰で「雷門通り」を越えてさらに進む……❾「言問橋西」の信号で「国道６号線」とわかれ、隅田川に沿った道へ入る……❿待乳山聖天、山谷堀、今戸橋を過ぎて……⓫台東区橋場1-14と15の間の路地へ左折……⓬福寿院

第十二巻 第四話「密偵たちの宴」

『鬼平犯科帳』第十二巻 第五話「二つの顔(ふたかお)」

あらすじ

長谷川平蔵は、下谷を巡回中、「素人娘を世話する……」という品のいい客引きの老人・与平と出会う。

「これも人生勉強……」と、ばかりに、誘われるまま、池之端仲町の裏通りにある「ひら井」という茶屋にあがる。

しばらくすると、"おみよ"という質素な身なりの純朴そうな娘が、与平に連れられてやって来た。

今回の事件の幕開けは、こんなふうに始まる。

この娘"おみよ"は、「ひら井」という茶店はなんだか気味が悪く、兎唇(みつくち)で恐ろしい目つきの男も見かけたと言う。

役宅に戻った平蔵は、"おみよ"のいう「兎唇の男」が、その昔、本所にいた不良渡り中間の富造の顔と重なり、捜査に乗り出す。

ところが、この兎唇の男は、神埼の倉治郎(かんざき)という「急ぎばたらき」の盗賊の首領であった…。

主な登場人物

与平：客引きの老人
おみよ：与平おかかえの町娘
神崎の倉治郎：盗賊の首領
おろく：倉治郎の女房

読みどころ

- 阿呆烏(あほうがらす)とは、女を世話するポン引きのこと。ちなみに、『広辞苑』には、「烏をいやしめていう語」と書かれていて、客引き・ポン引きなどの注釈はない

「二つの顔」を訪ねて

御橋(みはし)

> **原作の舞台**
> 上野山下から黒門口へ出た老爺は、長谷川平蔵の先に立ち、不忍池から下谷・三味線堀へながれ入る忍川にかかった御橋をわたり、右へ折れた。

　御橋は、三橋ともいい、忍川に架かっていた三つの橋のことである。この橋を渡る道は「御成道」と呼ばれ、三つの橋のうち、真ん中の橋は徳川将軍が上野の寛永寺へ参詣するときに渡るための橋だった。地図33（→189頁）

　現在は、忍川も御橋もない。上野広小路の「中央通り」と「不忍通り」の分岐部の信号あたりに架かっていた橋である。

　台東区上野にある「あんみつ・みはし」の屋号は、ここからとったそうだ。

金杉下町の万徳寺

> **原作の舞台**
> 木村忠吾が、"おみよ"を呼び出してくるのを、長谷川平蔵は金杉下町の万徳寺という小さな寺の門前で待っていた。
> 平蔵は、木村忠吾が連れてきた"おみよ"を万徳寺横の細道へみちびいた。

　万徳寺は、台東区根岸の「金杉通り」に面してある。

この通りの両側には英信寺や安楽寺などもあり、たびたび『鬼平犯科帳』の舞台となっている。 地図15

萬徳寺

　原作にある「寺の横の細道」は、万徳寺の西側にある「金曽木小学校前」の信号を通る路地と思われる。

　近くにある創業118年、和菓子の店「紅林堂」の御主人に訊いてみた。

復刻版江戸切絵図〈今戸箕輪〉浅草絵図（部分）

「鬼平」ファンだそうで、この辺は物語によく出てくるが、「金杉通り」と交差するこの路地には特に名前は付いていないと言う。

萬徳寺…東京都台東区根岸5-1-13

- **■参照**　不忍池 ➡ ① P.104
　　　　下谷の三味線堀 ➡ ① P.221
　　　　忍川 ➡ ① P.104
　　　　池之端仲町 ➡ ① P.103
　　　　千住大橋 ➡ ② P.24
　　　　南割下水 ➡ ② P.240
　　　　神田の昌平橋 ➡ ① P.12
　　　　寿永寺 ➡ ① P.229
　　　　下谷の広徳寺 ➡ ① P.200
　　　　加賀原 ➡ ① P.12
　　　　雑司ヶ谷の鬼子母神 ➡ ① P.177

『鬼平犯科帳』第十二巻 第六話「白蝮(しろまむし)」

あらすじ

長谷川平蔵の長男・辰蔵には、谷中・天王寺門前の岡場所「いろは茶屋」の「近江屋」に、"お照"という馴染みの娼婦がいた。

かなりのブスなので、客がつかず、ほとんど辰蔵専属の女であった。

ところが、最近、男装の女で剣客風の津山薫という者が、ときどき、"お照"を呼ぶようになる。

この日も、辰蔵が遊んでいる最中に指名が入り、お照はその女の部屋に出かけて行く。

面白くない辰蔵は、津山薫の帰りを待ち伏せ、因縁をつけて斬りかかると軽くかわされたばかりか、白扇を投げられて眉間を強打されてしまう。

父・平蔵に、この一件を話し、持ち帰った白扇をみせると、平蔵の目がキラリと光る……。

主な登場人物

長谷川辰蔵:長谷川平蔵の長男
お照:岡場所「いろは茶屋」の娼婦
津山薫:盗賊の首領で、本名・森初子という武家の娘
沢田小平次:火付盗賊改方の同心

読みどころ

- 今回の主役は、盗賊の女首領・津山薫と盗賊改方の同心・沢田小平次
- 話の舞台となる谷中・天王寺門前の岡場所「いろは茶屋」は、第二巻・第二話「谷中・いろは茶屋」で初登場する

「白蝮」を訪ねて

谷中の長念寺

原作の舞台
"お照"は、色が黒い。顔も手足も躰もだ。鼻の穴が天を仰ぎ、げじげじ眉毛に金壺眼のお照を好む客は、辰蔵のほかに、谷中・長念寺の目が悪い老僧のみだそうな。

長念寺は、原作者の創作によるもので実在しない。

瘡守稲荷（かさもりいなり）

原作の舞台
長谷川辰蔵は、それから半刻ほどして、近江屋を出た。それから、瘡守稲荷の傍の茶店へ入り、目ざす相手が出て来るのを待った。

　池波さんは、この話では近江屋板の切絵図を使って書かれたと思われ、長谷川辰蔵が、「瘡守稲荷」傍の茶店から新茶屋町の「近江屋」を見張る地理的関係がよく理解できる。
　だが、現在、該当する場所にある稲荷は、功徳林寺（くどくりんじ）の境内に祀られている「笠守稲荷」であって、「瘡守稲荷」ではない。功徳林寺には、その昔、感応寺山内の福泉院という寺にあった「笠守稲荷」が祀られている。

笠守稲荷

三崎坂の途中にある大円寺に祀られている「瘡守稲荷」では、遠すぎて原作の舞台を説明することができない。

　従って、近江屋板の切絵図に描かれている「瘡守稲荷」は、「笠守稲荷」の間違いである。

　尚、尾張屋板のものには、該当する個所に「カサモリ稲荷」は描かれていない。 地図16

功徳林寺（笠守稲荷）
…東京都台東区谷中7-6-9

功徳林寺

明王院、天龍寺

原作の舞台
> 茶代を置いて外へ出た長谷川辰蔵は、津山薫の後から坂道を下りはじめた。
> 右に明王院、左に天龍寺。そこまで来たとき、一気に駆け寄った辰蔵が、酔ったかたちを見せ、津山の肩を押した。

　ここに登場する坂は、三崎坂。またの名を「首ふり坂」といい、第一巻・第五話「老盗の夢」（本書の第1部50頁）で紹介した。

　この坂を西へ下って行くと団子坂へ続いている。

　三崎坂の中程に、明王院と天龍寺が向かい合ってある。天龍寺は、近江屋板・尾張屋板の切絵図では、ともに「天龍寺」として描かれているが、天龍院の誤りである。住職

さんの話では、「まだ、『鬼平犯科帳』の原作は読んでないが、話の中に出てくることは、人から聞いて知っている」とのこと。明王院の奥さんも、「鬼平」のことは御存じだった。 地図16

明王院

天龍院

明王院…東京都台東区谷中5-4-2　　天龍院…東京都台東区谷中4-4-33

鍛冶町御門

原作の舞台

この年の二月一日の夜。
鍛冶町御門外の五郎兵衛町にある小間物屋〔丁字屋彦三郎〕方へ、十余人の盗賊が押し込み、千二百六十余両を奪って逃走した。
この事件、いまだに、盗賊改方でも手がかりをつかめていない。

　鍛冶橋御門（鍛冶町御門）も江戸城外郭門のひとつ。
「鍛冶橋通り」と「外堀通り」が交差する「鍛冶橋」の信号南西角に鍛冶橋跡の説明板が立っている。

鍛冶橋跡説明板

復刻版江戸切絵図〈根岸谷中〉日暮里豊島辺図（部分）

団子坂
原作の舞台
津山薫は辰蔵に後をつけられたとき、谷中の坂を西へ下って行ったという。
下ってまた坂道がのぼっている。この坂を団子坂と呼ぶ。すると津山は、どうやら本郷から小石川の方へ帰ろうとしていたのではないか……。

団子坂は、地下鉄・千代田線「千駄木」駅を出て「不忍通り」の「団子坂下」信号から西へ上って行く坂のことで、都道452号神田・白山線の一部に相当する。

坂の途中に説明板あり。 地図16

団子坂説明板

浄心寺
原作の舞台
同心・沢田小平次が、駒込片町の通りにある浄心寺門前の茶店で休んでいると、津山薫が目の前を通り、指ヶ谷町の印判師の家へ入って行く。

浄心寺については、切絵図と本書の第1部263頁を参照されたし。 地図17

心福院
しんぷくいん

> **原作の舞台**
> 津山薫が入った印判師の家は、白山権現社に近い指ヶ谷町一丁目にあって、心福院という寺の塀に沿った細道をすこし入ったところの小ぢんまりとした二階家だそうな。
> おもてには〔御宝印判師・香玉堂・津山薫〕としたためた札が掛けられている。

　江戸切絵図の近江屋板では「心福院」。嘉永七年（1854年）の尾張屋板の「駒込絵図」では「正福院」、万延二年（1861年）改正の尾張屋板切絵図では「心福院」となっている。正しくは、正福院（しょうふくいん）。

　第七巻・第七話「盗賊婚礼」でもこの辺りが舞台となっているが、そこでは「正福院」となっていて、嘉永七年の尾張屋板の切絵図を参考にしたと思われる。 地図17

　本書の第2部123、125頁を参照されたし。

- **参照**　音羽九丁目の岡場所 ➡ ② P.74
　　　　谷中の天王寺・新茶屋町 ➡ ① P.82
　　　　東叡山・寛永寺 ➡ ② P.230
　　　　白山権現社 ➡ ② P.122

復刻版江戸切図 〈小石川谷中〉本郷絵図（部分）

「鬼平」散策コース
所要時間：約45分

女盗賊・津山薫が行く……

❶谷中の天王寺……❷谷中霊園の「さくら通り」を南へ歩いて、最初の信号を右折（岡場所「いろは茶屋」はこの辺にあった）……❸次の信号を直進して「三崎坂」を下る……❹坂の途中、右手に明王院、左手に天龍院がある……❺「団子坂下」の信号で「不忍通り」を越えて団子坂を上がる……❻「大観音通り」を進む（この辺、寺多し）……❼「向丘二丁目」の信号で「本郷通り」を越える……❽「白山上」の信号で「国道17号線（旧中仙道）」を越える……❾「旧白山通り」を下り、白山５丁目33番の角を右へ……❿白山神社

『鬼平犯科帳』第十二巻 第七話 「二人女房(ににんにょうぼう)」

あらすじ

深川・佐賀町の味噌問屋「佐野倉屋」の用心棒をつとめる高木軍兵衛は、昔の仲間の加賀屋佐吉から殺しを依頼される。

佐吉は、軍兵衛が今や盗賊改方の遊軍的存在であることを知らない。

殺す相手は、佐吉の親分にあたる盗賊・彦島の仙右衛門だという。

仙右衛門は、上方から尾張、駿河を縄張りにする盗賊の首領で、いま、深川・大島町の飛び地に妾の"おとき"と安らかに暮らしていた。

佐吉は、仙右衛門の本妻"お増"から浮気をしている仙右衛門を、五十両で殺すように頼まれて江戸へ出て来たと言う。

悪賢い佐吉は、この話を仙右衛門に打ち明け、逆に、"お増"を五十両で殺すように頼まれる。

当然、この話は、盗賊改方へ報告され、捜査網が敷かれる。

この物語は、加賀屋佐吉という金のためなら、親分も昔の仲間も殺してしまおうという超"悪い奴"の話である。

主な登場人物

高木軍兵衛：味噌問屋「佐野倉勘兵衛」方の用心棒
加賀屋佐吉：盗賊・彦島の仙右衛門配下の嘗役(なめやく)で掏摸
彦島の仙右衛門：盗賊の首領
おとき：仙右衛門の妾
お増：仙右衛門の本妻

読みどころ

- 嘗役については、第十三巻・第一話「熱海みやげの宝物」で述べることにする
- 今回の主役は、第八巻・第一話「用心棒」に登場した高木軍兵衛

「二人女房」を訪ねて

深川の大島町の飛び地

原作の舞台

その家は、深川の大島町の飛び地にあった。このあたりは、むかし、江戸湾に浮ぶ小さな島だったそうな。のちに、徳川幕府の手によって、たびたび埋立てがおこなわれ、大名の下屋敷などがたちならぶようになり、江戸湾の海水がながれこむ堀川に沿った場所には、小ぎれいな別荘ふうの家が少なくない。

大島町の飛び地については、第十三巻・第五話「春雪」で述べることにする。 地図18

今昔散歩重ね地図（越中島）

三河の今岡

原作の舞台

加賀屋の佐吉は、十年前から、彦島の仙右衛門の〔嘗役〕をつとめつつ、道中で自分も小悪事をはたらいてきている。

佐吉の生まれは三河の今岡で、父親は博労(ばくろう)だったという。この、佐吉の父親の家が、一時、彦島一味の〔盗人宿〕だった関係もあり、佐吉はしだいに、仙右衛門のもとではたらくようになった。

　加賀屋佐吉の生まれ故郷、三河の今岡を訪ねた。

　三河の今岡は、現在の愛知県刈谷市今岡町にあたる。

　JR「名古屋」駅から名鉄線に乗り換えて「富士松」駅で下車。駅前のロータリーを出て旧東海道を右へ曲がり、街道沿いの今岡の町を歩いてみた。

　この日は土曜日とあって人通りもなく、行きかう車もほとんどない静かな住宅街の道であった。

　写真は、今岡の旧東海道沿いにある洞隣寺(とうりんじ)だが、きれいに手入れされた玉砂利の庭と松の木が印象的な寺だった。『五街道細見』(岸井良衞：著)には、三河の今岡は、東海道の「池鯉鮒の宿」(ちりゅう)と「鳴海の宿」の間の村で、立場(たてば)があると記載されている。「池鯉鮒の宿」の項には、「毎年四月のうちは馬市があり、四方より馬を出して売買するなり

洞隣寺

……」とある。

　原作に、「加賀屋佐吉の父親は博労だった……」と、あるのはこの辺を参考にされたものと思われる。

霊巌寺（れいがんじ）

> **原作の舞台**
> 同心・木村忠吾と密偵の伊三次が、佐吉と軍兵衛の後をつけ、霊巌寺の方へ向うのを見とどけてから、長谷川平蔵は踵をめぐらした。

　霊巌寺は、江東区白川にある。

　この寺には、「寛政の改革」を行い、長谷川平蔵を火付盗賊改方の長官に任命した老中首座・松平定信の墓がある。

霊巌寺

霊巌寺…東京都江東区白川1-3-32

江島橋

原作の舞台

同じ深川の、洲崎弁天社北側の堀割川に架かる江島橋をわたったあたりの草地に、三人の浪人が屈みこみ、貧乏徳利の冷酒をまわしのみにすすっていた。

　江東区役所文化財係の担当者に聞いてみると、「江島橋」は、明治二十一年の地図には載っているが、明治四十年の地図には記載が無いので、この間に撤去されたのだろうとのこと。
『東京市史稿』の橋梁編には、享保三年（1718年）頃の本所深川の橋梁として記載がある。
　現在、大横川（平野川）に架かる新田橋のあたりに架かっていた橋と思われる。

菊川橋

原作の舞台

三人の無頼浪人と加賀屋の佐太郎（佐吉）は、三年ほど前に、菊川橋の牧野の下屋敷の中間部屋で知り合った博奕仲間であった。

　江戸切絵図には、大横川に架かる菊川橋の東詰に、牧野豊前守の下屋敷が描かれている。
　菊川橋は現在も同じ場所にあり、墨田区と江東区の区界あたりに架かっている。
　橋の上は「新大橋通り」が走っている。

菊川橋

大坂の西天満(てんま)

原作の舞台

"おとき"は、彦島の仙右衛門の正体を知らなかった。薬研堀不動前の料理屋〔草加屋安兵衛〕方の座敷女中をしていたとき、江戸へ遊びに来た仙右衛門の気に入られて、深川へ家を持たせてもらった"おとき"は、仙右衛門のことを、「大坂の西天満の茶問屋の主人で、奈良屋新兵衛……」だと、おもいこみ、いささかもうたぐっていなかった。

　大坂の西天満の茶問屋「奈良屋新兵衛」は、『商人買物獨案内』(大坂之部)から引用・合成したもので、「茶」の項には〔西天満小嶋町　茶問屋　奈良屋槌之助〕と〔御茶所　木屋新兵衛〕の記載がある。

　大坂の西天満は、現在の大阪市北区西天満。

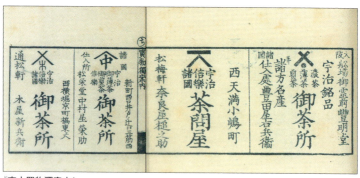

『商人買物獨案内』

豆州・熱海の温泉

原作の舞台
長谷川平蔵は、妻の久栄と共に江戸をはなれた。
どうも、疲れがぬけ切らず、日々の市中見廻りさえも苦痛になって来たので、幕府へ願い出て、保養をゆるされたのだ。
折しも江戸市中は平穏であったし、平蔵は豆州・熱海の温泉へ躰をやすめに出かけることにした。

豆州・熱海の温泉については、次の第十三巻・第一話「熱海みやげの宝物」で述べることにする。

■ **参照**　本所の弥勒寺 ➡ ② P.46

　　　　市ヶ谷の左内坂 ➡ ① P.92

　　　　小名木川に架かる高橋 ➡ ② P.130

　　　　五間堀 ➡ ② P.48

　　　　弥勒寺橋 ➡ ② P.48

　　　　富岡八幡宮 ➡ ① P.99

　　　　深川の洲崎弁天 ➡ ② P.129

　　　　薬研堀不動 ➡ ② P.110

第十二巻 第七話「二人女房」

『鬼平犯科帳』第十三巻 第一話「熱海みやげの宝物」

あらすじ

長谷川平蔵は、妻女の久栄を連れて、密偵の彦十と"おまさ"、小者の弁吉を供に、熱海の温泉で静養していた。

明日は江戸へ戻ろうという日に、彦十が、大坂の盗賊・高窓の久兵衛配下の嘗役・馬蕗の利平治と風呂場で出会う。

彦十と利平治は、昔の仲間であり、親友だ。

話によると、高窓一家は、久兵衛の死後、跡目相続をめぐって内紛が起こり、実子の久太郎は危険を察知して江戸へ逃げ、いまは、浪人あがりの盗賊・高橋九十郎が、一家を仕切っていると言う。

利平治は、盗賊にとっては金のなる木であり、宝物でもある「嘗帳」を持っているため九十郎一味に追われていた。

彦十は、平蔵を盗賊の首領・木村忠右衛門として利平治に紹介し、平蔵は、利平治を無事江戸へ送り届けることを約束する。

主な登場人物

馬蕗の利平治：盗賊・高窓の久兵衛配下の嘗役
久太郎：盗賊・高窓の久兵衛の息子
高橋九十郎：浪人あがりの盗賊
相模の彦十：密偵

読みどころ

- 筆者が選ぶ「鬼平」ベスト20のひとつ
- 長谷川平蔵と彦十、馬蕗の利平治が、東海道を江戸へ行く……
  （118頁の地図と東海道分間延絵図を参照）
- 「嘗役」とは、押し込むのに適当な商家や民家を下見する役目で、一味の押し込みには加わらず、一人で諸国を歩いて手頃な物件を探している盗賊のこと
- 馬蕗の利平治は、この事件のあと長谷川平蔵の密偵となる

「熱海みやげの宝物」を訪ねて

豆州・熱海の温泉
（本陣・今井半太夫、次郎兵衛の湯、熱海の本湯、伊豆屋）

<原作の舞台>

その日も、日暮れ前に、長谷川平蔵は手ぬぐいをさげ、宿の内湯へ下りて行った。
いつもなら宿を出て、本湯へ入りに行くのだが、今朝から雨が降りしきっているので、おもいとどまったのである。
将軍ひざもとの大江戸で火付盗賊改方・長官をつとめ、四百石の旗本である長谷川平蔵宣以ならば、当然、熱海の本陣〔今井半太夫〕方へ泊るべきであったが、そこは平蔵らしく、身分も名も隠し、本陣から海辺の方へ、坂道を少し下った北側にある〔次郎兵衛の湯〕に泊っていた。

　熱海温泉には、古くから「湯戸二十七軒の制度」があり、大湯の分湯権を二十七の湯店で占有していた。

　ところが、時代により分割・統廃合をくりかえして変遷していく。

　池波さんが、「雨隠れの鶴吉」「熱海みやげの宝物」で舞台とした熱海は、文政年間の湯戸の配置と弘化三年（1846年）の絵図をもとに書かれたものと推測される。

　よく知られている天和元年（1681年）の「豆州熱海絵図」に、弘化三年の絵図を参考にし、原作の舞台を再現してみた。 地図19

　詳細は、『熱海市史』（上巻）を参照されたし。

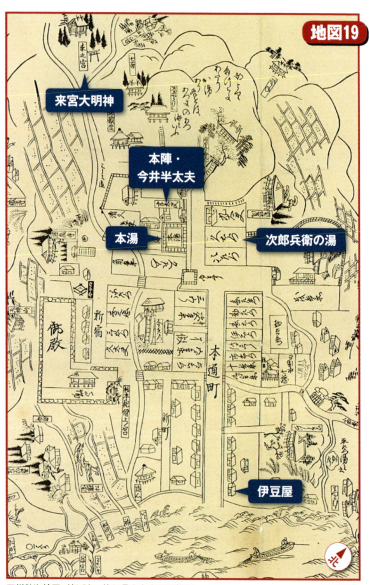

豆州熱海絵図（部分）　静岡県立中央図書館蔵

有馬温泉
     あり ま

> **原作の舞台**　十七、八年前、相模の彦十が高窓の久兵衛お頭のところではたらいていたころ、馬蕗の利平治は躰をこわして有馬温泉へ湯治に出かけていた。

　有馬温泉は、日本の三古泉（有馬温泉、道後温泉、白浜温泉）と三名泉（有馬温泉、草津温泉、下呂温泉）に選ばれている由緒ある温泉。

　馬蕗の利平次が湯治をした有馬温泉を訪ねた。

　今回の小さな旅は、筆者と親友三人で、ゴルフ旅行に出かけることになった。毎年、正月第二週の連休を利用して初詣ゴルフを行っているが、今年は、神戸の生田神社と有馬温泉が選ばれたわけである。

　現地でのエピソードは、〔ひとやすみ〕コーナー（→119頁）をお読みください。

近江の石部の宿
          いし べ

> **原作の舞台**　馬蕗の利平治が、お頭・高窓の久兵衛の死目に会えなかったのは、北陸道をまわっていたからだ。
> 一年ぶりに大坂のお頭のもとへ帰る途中、石部の宿で、横川の庄八によびとめられたのである。

　石部の宿は、東海道五十三次のうち五十一番目の宿場で、現在は、滋賀県湖南市石部という。

　『鬼平犯科帳』には、東海道のこの附近の宿場が何度か登

場して来るが、石部の宿は、土山宿（第一巻・第三話「血頭の丹兵衛」）や水口宿（第四巻・第六話「おみね徳次郎」）と同じJR草津線沿線にある。

近江の石部の宿

ところが、この草津線が単線で、一時間に一本か二本。東京から石部宿を訪れるのはひと苦労だ。

「石部」の駅で下車、石部宿を歩いてみたが、ここも例にもれず過疎の町。人の気配はなく、旧宿場の面影は殆ど見られなかった。

湖南市雨山の文化運動公園にある「東海道石部宿歴史民俗資料館」には、旧東海道の石部宿の一部が再現されている。

来宮大明神（きのみや）

> **原作の舞台** 馬蓙の利平治と彦十が待ち合わせた来宮大明神の社は、熱海の町外れの山腹にあった。

来宮神社

来宮神社は、熱海でも山側の熱海市西山町にある。

原作に、「社の鳥居をくぐってから振り返ると、湯けむりが立ちのぼる町の彼方に、相模湾の海が青い紙でも貼りつけたように彦十の目に入った」と、あるが、

現在、同じ場所に立って振り返っても、JRの東海道線と新幹線の高架橋が視界を妨げて、海を見ることはできない。

来宮神社…静岡県熱海市西山町43-1

大坂の地蔵坂

原作の舞台 大盗・高窓の久兵衛の家は、大坂の地蔵坂にあった。

地蔵坂は、大阪市中央区の「谷町筋」の谷町八丁目交差点を西へ下る坂のこと。

坂の途中に専修院〔大阪市中央区谷町9-5-62〕という寺があり、門前に「地蔵坂」の石柱が立っている。

大坂の地蔵坂

小田原の小八幡の茶店

原作の舞台 小田原城下をぬけ、酒匂川（さかわ）をわたった長谷川平蔵と利平治は、小八幡（こやわた）の街道沿いに出ている茶店で昼飯をすますと、利平治が勘定をはらい、二人は、茶店を出た。

小田原の小八幡は、小田原市の東方に位置する旧東海道沿いの町である。

小田原駅から車で旧東海道を走り、酒匂川を越えて少し

行くと右手に松並木が見えてくる。この辺が小八幡。

長谷川平蔵と利平治は、ここの茶店で、麦飯と大根の味噌汁、鰈の煮付けで昼飯をとったわけである。

東海道分間延絵図（第三巻）の小八幡附近を供覧した。

小田原の小八幡附近

梅沢の茶店

> **原作の舞台** 盗賊・高橋九十郎一味の横川の庄八ほか四人は、小田原の道場を出て東海道を下り、梅沢の茶店に泊まる。彦十も向かい側の茶店を起し泊まる。

梅沢の茶店については、本書の第2部68頁を参照されたし。

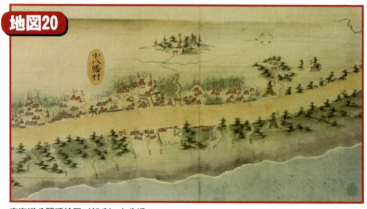
東海道分間延絵図（部分）小八幡

権太坂(科野坂)

原作の舞台　長谷川平蔵と彦十、利平治の三人が、程ヶ谷宿の手前の権太坂へかかったのは、七ツ（午後四時）をまわっていたろう。

　権太坂は、江戸を出て東海道を上る最初の難所。勾配のきつい坂だったそうだ。 地図21

　JRの保土ヶ谷駅から「国道1号線」を西へ。「保土ヶ谷二丁目」の信号を斜め右へ入ると旧東海道である。全体に、緩やかな上り坂になっているが、道路の西側にある光陵高校のあたりは、かなり急な坂道になっている。

　箱根駅伝で有名な「権太坂」は、現在の「国道1号線」

権太坂の石柱

東海道分間延絵図（部分）権太坂

第十三巻 第一話「熱海みやげの宝物」

の坂で、これも全体に緩い長い上り坂となっていて、ランナーにとっては最初の難所となっている。

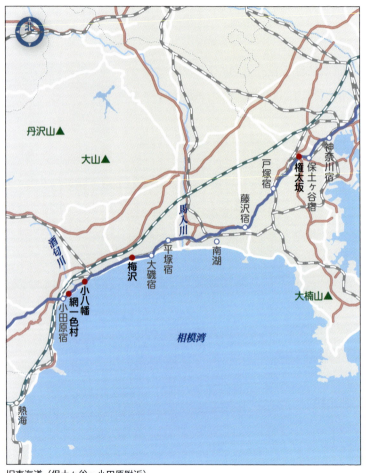

旧東海道（保土ヶ谷〜小田原附近）

■**参照**　草津の宿 ➡ ① P.46

有馬温泉で神戸牛のすき焼を食べる……

　温泉に入り、浴衣に着替えて夕食の席に着いた。
　食事の世話をしてくれるのは、二十二、三の客室係のお姉さん。この人が、和服の似合うなかなかの美人。控え目で、純朴そう。我々四人、このタイプに弱い。
　いつものように乾杯して、食事が始まる。
　手頃な間合いで、すき焼の鉄鍋に火が入り、神戸牛のすき焼の開始である。
　と、ここで異変が起こった。
　お姉さん、熱した鉄鍋の上に肉をじかにのせて焼きだしたからたまらない。肉は焦げるは、煙は出るは、鍋にくっつくは……。
　一同、啞然とするが、そこは紳士。決して騒がない。
　傍らに置いてある牛脂と醬油と砂糖を使って調理し（関西だから割下を使わない）、何事もなかったかのように、お姉さんに恥をかかせず、静かに食事が進行した。
　要は、お姉さん、すき焼の作り方を知らなかったのである。
　だが、我ら四人、誰もこのお姉さんをとがめなかった。なにしろ、大人しくてひたむきな和服美人。
　いいの、いいの、すき焼の作り方など知らなくて……。
　なまじ、場馴れした中年のおばさんが、「そもそも、神戸牛とは……」などと自慢げに話し、慣れた手つきで、一方的な味付けで食べさせられるよりは、ずっとましだ。
　このすき焼の一件は、今でも語り草になっている。

『鬼平犯科帳』第十三巻 第二話 「殺しの波紋」

あらすじ

火付盗賊改方の与力・富田達五郎は、一年前、酒に酔った若い侍と些細なことから喧嘩になり、斬り殺してしまう。

この事件は、町方で捜査したが犯人がわからず、達五郎も名乗り出なかったため、迷宮入りの状態だった。

ところが、この殺人現場を目撃していた者がいた。

橋本屋助蔵といい、表向きは茅場町薬師の門前で小さな薬種商を営んでいるが、実は盗賊の首領である。

達五郎は、この助蔵に脅迫され、一味の押し込みの見張りをするはめになる。

半年後、再び、助蔵から押し込みの手引きをするように脅かされ、達五郎は、助蔵を大川に誘い出して殺害する。

「これでよし……すべては闇から闇へ……」と、思っていたら、この殺しの一部始終を、川の中洲で見ていた者がいた。

この男、犬神の竹松という盗賊である……。

主な登場人物

富田達五郎：火付盗賊改方の与力
橋本屋助蔵：盗賊の首領
犬神の竹松：盗賊
平野屋源助：もと盗賊。今は扇屋の主人で、長谷川平蔵の密偵
茂兵衛：扇屋の番頭でもと盗賊。長谷川平蔵の密偵

読みどころ

- 密偵・平野屋源助と茂兵衛の初手柄
- 長谷川平蔵の趣味の一つは囲碁
- 長谷川平蔵、今度は猫に助けられる

「殺しの波紋」を訪ねて

茅場町薬師

原作の舞台
橋本屋助蔵は、茅場町薬師前に小さな店舗をかまえている薬種商だが、裏へまわると、これが二十余名の配下を抱えた盗賊であった。

茅場町薬師については、第十二巻・第一話「いろおとこ」を参照されたし。

武州の松山稲荷

原作の舞台
"お吉"は、武州の松山稲荷門前の料理茶屋の主人・吉見屋松太郎の囲いものということになっている。吉見屋松太郎が、すなわち、犬神の竹松であった。

武州の松山稲荷（箭弓稲荷）は、現在、箭弓稲荷神社といい、創建1300年という歴史も由緒もある神社だそうだ。
埼玉県東松山市にある。
東武東上線「東松山」駅西口を出るとすぐ。

箭弓稲荷神社

ホームベースとバットの形の絵馬

境内には、箭弓（野球）稲荷神社にちなんで、高校球児やノンプロ野球チームの必勝祈願の絵馬がたくさん掛かっていた。

　原作では、盗賊・犬神の竹松は、表向き武州の松山稲荷門前の料理茶屋の主人・吉見屋松太郎ということになっているが、『東松山市の歴史』（中巻）には、江戸時代後期、箭弓稲荷門前の茶屋と町の旅籠屋との間に紛争があり、その「済口証文」に連印した松山町旅籠屋十一名の中に、吉見屋太七の名前がある。

箭弓稲荷神社…埼玉県東松山市箭弓町2-5-14

三ノ輪の薬王寺

原作の舞台

　一年前のその日も、富田達五郎が連絡場所になっている三ノ輪の薬王寺へ定刻に到着すると、またしても木村忠吾が来ていない。一刻も待ったがあらわれぬ。沈着な富田が、このときばかりは激怒して、薬王寺を出る。

　薬王寺は、台東区根岸の「金杉通り」の三ノ輪交差点裏にある。

　住職さんによると、「『鬼平犯科帳』に出てくることは承知しているが、原作を読んだこと

薬王寺

がないので、どこに出てくるのか分からなかった」と言う。

薬王寺…東京都台東区根岸5-18-5

向柳原(むこうやなぎはら)

原作の舞台　この老爺は、向柳原に屋敷がある旗本・能勢豊太郎の下僕であって、怪しい者ではないことが、富田与力にもすぐわかった。

　神田川の南岸沿いには、柳原土手と「柳原通り」があり、川の北側を向柳原と呼んだ。
　切絵図の神田佐久間町四丁目には、能勢熊之助という旗本の屋敷が描かれている。

浅草・橋場の浅茅ヶ原の妙亀堂(みょうきどう)

原作の舞台　手紙には、「約束の金百両を三日後の明け六つに、浅草橋場の浅茅ヶ原の妙亀堂まで持って来るように……」と、書かれていた。

妙亀塚

　浅茅ヶ原の妙亀堂は、『江戸名所図会』にヒントを得て書かれたもので、妙亀堂の言い伝えなどについてはしかるべきものを参考にされたし。
　台東区橋場一丁目28に「妙亀塚」と説明板がある。

> **池之端仲町の煙管(きせる)の「紀伊国屋」、笹巻鮨の「志き嶋屋」、名取り煎餅の「井上半兵衛」、御筆墨硯所「文孝堂」**
>
> **原作の舞台**
>
> 富田達五郎は黒頭巾をすっぽりとかぶり、足袋はだしとなって木蔭から出て行った。
> 不忍池の南面に、池之端仲町の細長い町すじがある。池之端仲町といえば、小ぢんまりとした店構えながら一流の高級品をあつかう商舗がならんでおり、煙管の紀伊国屋もその一つだ。
> 富田は、この紀伊国屋に目をつけていた。
> 仲町の北側の道をゆっくりと歩み、笹巻鮨で知られた志き嶋屋と、名取り煎餅の井上半兵衛の店舗の間の細い道へするりと入った。

「殺しの波紋」の最後に、盗賊改方の与力・富田達五郎が、池之端仲町の煙管屋「紀伊国屋」を襲うくだりがある。

ここに登場する「志き嶋屋」「井上半兵衛」「文孝堂」は、すべて池之端仲町に実在した店で、煙管の「紀伊国屋」だけは、池波さんが『江戸買物獨案内』から引用した創作である。 地図22

■ **参照** 九段坂 ➡ ① P.52

富岡八幡宮 ➡ ① P.99

浅草の御厩河岸 ➡ ① P.37

五条天神 ➡ ② P.234

隅田村の木母寺 ➡ ② P.31

上野山下の仏店 ➡ ① P.228

池之端仲町 ➡ ① P.103

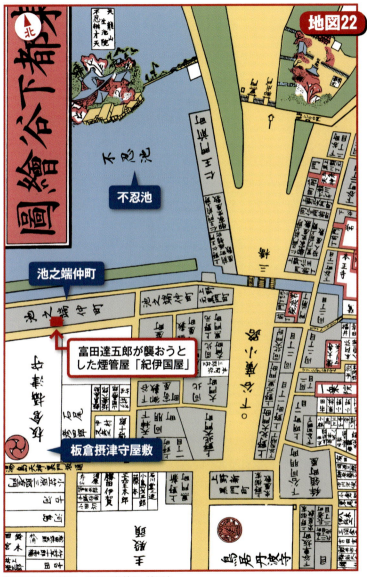

復刻版江戸切絵図　東都下谷絵図（部分）

第十三巻 第二話「殺しの波紋」

『鬼平犯科帳』第十三巻 第三話「夜針の音松」

あらすじ

火付盗賊改方の同心・松永弥四郎は、頭をまるめて托鉢僧に変装し、「急ぎばたらき」の兇賊・夜針の音松を追っていた。

ところで……、弥四郎には少々変態の趣味があった。

昨日、身重の自分の妻"お節"を合羽坂の雑木林で襲おうとしたが、偶然、通りかかった長谷川平蔵の長男・辰蔵に取り押さえられてしまう。妻の懇願により、その場は内聞に収めてもらったが、大失態を演じてしまったわけである。

この変態癖は、"お節"と夫婦になる半年前、根津権現門前の岡場所にある「大黒屋」の娼婦"おきね"によって仕込まれたもので、以来、病みつきになっていた。

次の日、弥四郎が麻布の笄橋たもとの茶店を出ようとしたとき、その"おきね"が、尼僧姿で青山の方向から橋を渡ってくるのを目撃する。

托鉢僧に姿を変えている弥四郎は、久し振りに見る"おきね"の変わりように興味を覚え、夜針の音松の捜査も忘れて後をつけて行く……。

主な登場人物

松永弥四郎：火付盗賊改方の同心
お節：弥四郎の妻
夜針の音松：「急ぎばたらき」の兇賊
おきね：もと岡場所の女で、今は夜針の音松と組む女賊

読みどころ

- 今回の主役は、変態癖のある盗賊改方の同心・松永弥四郎

「夜針の音松」を訪ねて

市ヶ谷薬王寺前町

> **原作の舞台**
> "お節"の実家は、組屋敷からも、さほど遠くない市ヶ谷薬王寺前町に住む幕府の御家人で五十石二人扶持をいただいている相川彦右衛門である。

　市ヶ谷薬王寺前町は、現在、新宿区市ヶ谷薬王寺町となっている。語源である薬王寺は、明治期に廃寺となり、「薬王寺」の名前が町名として残ったわけである。
　近くにある、防衛省の「外苑東通り」に面した門も、薬王寺門という。

合羽坂（かっぱざか）

> **原作の舞台**
> 実家を出た"お節"は、尾張大納言徳川宗睦（尾張名古屋六十一万九千石）の宏大な上屋敷の、西側の塀に沿って、合羽坂へさしかかった。
> この尾張屋敷の跡が、現在の自衛隊市ヶ谷駐屯部であり、戦前は陸軍士官学校になっていた。
> "お節"は、谷間のような市ヶ谷片町へ下る急坂をすぎた。
> 右手は、こんもりとした木立で、左手は尾張屋敷の塀が延々とつづいている。

　合羽坂は、「靖国通り」で新宿方面へ向かい、「合羽坂下」の信号を斜め右へ上る側道のことで、正式には「都道・新

宿両国線302号」のことである。合羽坂の入口には「河童」の石像があり、上がると「外苑東通り」へ出る。

　それにしても、この合羽坂の南斜面は、いつ行っても雑然としている。

　市ヶ谷片町は、現在の新宿区片町。

合羽坂

法光寺

原作の舞台

長谷川辰蔵は、組屋敷を出ると、近道をして坪井道場へ向かった。
法光寺の裏から雑木林をぬけ、合羽坂へ出るつもりだったが、その途中でもみ合っている男女を見つける。

　法光寺は、明治二十二年に、荒川区西日暮里3-8-6へ移転している。

　住職さんいわく、『鬼平犯科帳』に載っていることは人から聞いて知っているとのこと。

　法光寺は、第八巻・第四話「流星」にも登場している。

麻布の笄橋

原作の舞台
つぎの日の昼下り、火盗改方同心・松永弥四郎は、麻布の笄橋のたもとにある茶店で、熱い味噌汁と飯を食べていた。
このとき、青山の方向から笄橋へさしかかって来る一人の尼僧を見る……。

　麻布の笄橋は、古川の支流である笄川に架かっていた橋のことで、小さい橋だが由緒があり、古くから知られていた。名前の由来など、詳細は、『東京の橋』（石川悌二：著）を参考にされたし。

　現在の港区西麻布四丁目2、3番地と10、11番地の間の道路が笄橋に相当し、「牛坂」の上り口に架かっていた。

　現在、笄川は暗渠となっているが、近くに「笄小学校」、「笄公園」などがあり「笄」の名をとどめている。 地図23

牛坂

広尾の大祥寺

原作の舞台
岩吉は、粂八や伊三次、五郎蔵夫婦や彦十のような密偵ではない。もともと遊び人なのだが、女房も子もいて、渋谷の広尾の大祥寺に近い渋谷川のほとりで、女房が茶店を出している。

　大祥寺（大聖寺）は、廃寺となっている。

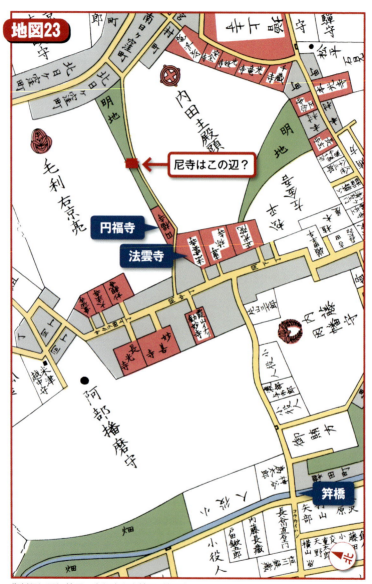

復刻版江戸切絵図　東都麻布之絵図（部分）

法雲寺、円福寺

原作の舞台
"おきね"は桜田仲町の通りを突っ切り、法雲寺と円福寺の間の細い道へ入って行った。
そこは木立が多い谷間で、北面の毛利侯の屋敷の塀が崖の上にのぞまれ、その崖下に、小さな、古びた尼寺が見えた。
尼僧姿の"おきね"は、この尼寺へ入って行ったのである。

　法雲寺は、明治三十五年に渋谷区広尾へ移転。円福寺は、明治二十四年に渋谷区東の宝泉寺と合併している。 地図23

■ **参照**　音羽九丁目の岡場所 ➡ ② P.74
　　　　渋谷川（新堀川）➡ ① P.108
　　　　本郷の根津権現 ➡ ① P.57

「鬼平」散策コース①

所要時間：約40分

身重の妻"お節"が市ヶ谷薬王寺前町の実家へ行く、帰り道、合羽坂で夫の同心・松永弥四郎に襲われる……

❶新宿区四谷坂町1-8の「坂町坂」(四谷坂町の組屋敷はこの辺にあった)……❷「坂町坂」を下り「靖国通り」へ出て左折……❸「合羽坂下」の信号で右側の側道へ入る(合羽坂)……❹合羽坂を上り、「合羽坂」の信号を右折して「外苑東通り」を上る……❺防衛省薬王寺門を過ぎ……❻「市谷薬王寺町」の信号("お節"の実家は「外苑東通り」の右側にあった)、信号の少し先に「薬王寺カフェ」あり。休憩……❼ここから合羽坂へ引き返す

「鬼平」散策コース②

所要時間：約20分

盗賊改方同心・松永弥四郎が、尼僧姿の"おきね"を尾行する……

❶港区西麻布4-2の「牛坂」の標柱（笄橋を想定して）……❷「外苑西通り」へ出て信号を越え、西麻布三丁目方向へ坂を上る……❸ルーマニア大使館の前を通り、さらに坂を上る……❹突き当たりの信号を左折……❺けやき坂、六本木ヒルズ

第十三巻 第三話「夜針の音松」

『鬼平犯科帳』第十三巻 第四話 「墨つぼの孫八」

あらすじ

大工あがりの本格派の盗賊・墨斗の孫八は、最後の「盗め」をするため、三年ぶりで江戸へ出て来る。

狙うは、日本橋・通旅籠町の法橋浄慶と号する仏具屋「堀切勝右衛門」方である。

ところが、押し込みの人手が足りない。

こんなある日、竪川に架かる二ツ目橋のたもとで、昔、配下にいた"おまさ"と出会い、今度の「盗め」に手を貸して欲しいと頼む。

孫八は、"おまさ"や五郎蔵が盗賊改方の密偵になっていることを知らない。

報告を受けた長谷川平蔵はさっそく捜査に乗り出すが、孫八が本格派の盗賊で、どうやら、"おまさ"も五郎蔵も孫八の人柄が気に入っている様子だということがわかる……。

主な登場人物

おまさ：女密偵
墨斗の孫八：盗賊の首領
名瀬の宇兵衛：もと墨斗の孫八配下の盗賊

読みどころ

- 筆者が選ぶ「鬼平」ベスト20のひとつ
- 墨つぼの孫八は、錠前を鋸で挽き切って金蔵へ侵入した
- 亀戸天神から天神川、竪川、大川を経て浜町堀へ……、舟で行きたい「鬼平」散策コースである

「墨つぼの孫八」を訪ねて

会津若松の中島鍛冶

原作の舞台
大工の棟梁・長五郎は、「それだけの鋸を鍛えることができるのは、おそらく天下に五人とはおりますまい。鋸は会津若松の中島鍛冶がいちばんでございましょう」と、長谷川平蔵に言う。

　かつて、会津若松の鋸鍛冶はたいそう栄えたそうだが、電気鋸の登場や建築工法の変化などによって、手挽きの鋸の需要が減り、衰退の一途をたどるようになる。

　現在、鋸鍛冶としては、三代目「中屋伝左衛門」（五十嵐征一さん）ただ一人となってしまう。

　会津若松の「中屋伝左衛門鋸こうば」を訪ねた。

　五十嵐さんが、会津若松の駅まで車で迎えに来てくれ、鋸鍛冶の仕事場を見学させていただいたあと、近くの喫茶店で話を伺った。

　問題の「鉄の錠前や土蔵の閂を鋸で挽き切る」件に話が及ぶと、「それだけの鋸を作るには、水を使う焼入れでは鍛えられず、恐らく、油や砂を使ったのではないか……」とのことだ。

　五十嵐さんが教えてくれた『道具曼陀羅』（毎日新聞社）には、幕末の会津の名工・中屋助左衛門が鍛えた鋸は、土蔵の閂の太い鉄棒を挽き切るそうで、これを使う盗賊が横行し、幕府から鋸を作ることを禁止されたというエピソー

ドが書かれている。

第十一巻・第三話「穴」に、〔大盗・狐火の勇五郎は、近江の彦根城下に住む権平という鍵師をつかっていた……〕という記述があるが、『道具曼陀羅』の同じ項には、〔会津若松の中屋助左衛門と並んで名人と言われた仙台の大久保権平……〕の記事がある。

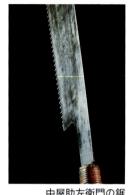
中屋助左衛門の鋸
（写真＝岡本茂男）

池波さんはこの辺を参考にしたのかもしれない。

菊新道（きくじんみち）

> **原作の舞台**
> 通旅籠町（とおりはたご）というのは俗称で、実は大伝馬町三丁目にあたるわけだが、このあたりは旅宿が多く、呉服問屋の大丸屋をはじめ、江戸でもそれと知られた大店が立ちならぶ商業地区だ。
> 法橋浄慶の店は、表通りではなく、菊新道とよばれる北側の細い道に面して、日中は、〔嵯峨御用・神仏具一式　大仏師　法橋浄慶〕と、しるした立派な暖簾を張っていた。

菊新道は、現在の「江戸通り」より一本南側の、日本橋小伝馬町と大伝馬町の境を東西に走る道で、通称、「えびす通り」と言われる路地である。

一方通行の「人形町通り」を北へ行くと小伝馬町の交差点に出るが、この一つ手前の、日本橋大伝馬町8にある三

菱東京ＵＦＪ銀行と小伝馬町12にある滋賀銀行の間を東へ入る道で、第十巻・第二話「蛙の長助」に登場した「ひょうたん新道」より二本北側の路地である。 地図24

朝日稲荷、絵馬堂

原作の舞台

浜町堀の突当りへ舟が着くと、船頭の源吉を残し、灰色の布で顔を隠した四人が岸へあがった。
すこし先の朝日稲荷の境内に、他の四人の盗賊があつまっているはずだ。
このあたりは、伝馬町の幕府牢獄にも近く、めったに犯罪は起らぬのだが、墨斗の孫八は、そのようなことは少しも意に介さぬ大胆さがあった。
四人が、朝日稲荷の境内へ入って行くと、絵馬堂の闇に潜んでいた四つの人影があらわれた。

江戸切絵図を見ると、浜町堀に架かる汐見橋の西側の通油町に「朝日稲荷」が認められる。 地図24

現在の、中央区日本橋大伝馬町12−8にある江戸会席料理の店「魚十」のあたりに相当するのだが、関係部署に尋ねても「朝日稲荷」の消息が知れず、探索の灯が消えかかっていた。

そんなある日、もと中央区教育委員会委員長の渡邊さんから情報を頂いた。

それによると、「朝日稲荷」はこの地域の篤志家が引き取り、しばらくは所有するビルの屋上（大伝馬町12−2にあるセイショウ日本橋ビル）に社を安置していたが、二十

復刻版江戸切絵図　日本橋北内神田両国浜町明細絵図（部分）

年ほど前に、風害などで維持できなくなり撤去してしまったそうである。

　所有者の方にお会いして、「朝日稲荷」の消息やエピソードについて話を伺いたいところであったが、連絡がとれないままである。

■**参照**　浅草の塩入土手 ➡ ① P.191

　　　　日本橋住吉町裏河岸（竈河岸）➡ ① P.112

　　　　浅草の今戸橋 ➡ ① P.188　　弥勒寺 ➡ ② P.46

　　　　亀戸天満宮 ➡ ① P.102　　　新大橋 ➡ ② P.26

　　　　浜町堀 ➡ ① P.73

助左衛門の鋸が見たくて……

「土蔵の閂をも挽き切った……」という"助左衛門の鋸"を探し求めて、ついに、東京は世田谷の三軒茶屋で、「土田刃物店」を営む土田昇さんの基へ行き着いた。

助左衛門が鍛えし"八寸片刃縦挽きの鋸"を拝見し、この物語の主人公"墨つぼの孫八"が、「金蔵の錠前を鋸で挽き切った……」という話についてうかがった。

土田さん、「この話は、可能なことだろう……」と言う。

江戸時代後期、会津は鋸鍛冶が大変栄えた地で、数々の鋸がつくられ、創意工夫と技術の改良で名品が誕生した。

こんな中、江戸では、土蔵の閂や蔵の錠前を鋸で挽き切る盗賊が横行するようになり、幕府は、鋸鍛冶に鋸の製作を禁止した。

この「御止め鍛冶伝説」は、一方で、会津の鋸鍛冶の技術がいかに優れていたかを物語るもので、「中や助左衛門」、「中や重左衛門」、「大久保権平」などの鋸鍛冶は、この道の名工と言われた人だそうである。

ただ、土田さんによると、『道具曼陀羅』に掲載されている助左衛門の鋸では、大きすぎるし、目も粗く、「あれでは錠前は、挽き切れないのではないか……」と、言う。

中や助左衛門作の鋸
（土田さん所蔵）

第十三巻 第四話「墨つぼの孫八」 139

「鬼平」散策コース

所要時間:約2時間
舟で行きたい散策コース

盗賊・墨つぼの孫八と、配下の長谷川平蔵・五郎蔵・"おまさ"を乗せた舟が天神川から浜町堀を目指す

❶横十間川(天神川)に架かる天神橋(ここから一味は舟に乗る)……❷横十間川の東岸を川に沿って南へ……❸旅所橋を渡り、一つ目の信号を左折……❹堅川第一公園に沿って右折して直進……❺四之橋北詰で「四ツ目通り」を越え、さらに、堅川に沿って西へ……❻大横川を渡り(公園となっているので迂回する)……❼三之橋北詰で「三つ目通り」を越える……❽二之橋の北詰で「清澄通り」を越える……❾一之橋を南へ渡り、「一ノ橋通り」を南へ行く……❿新大橋を西へ渡り、橋のたもとを隅田川に沿って左へ行く……⓫中洲公園を左に見て道なりに進む……⓬「清洲橋通り」を越えて直進……⓭最初の信号右手の高速出口の陸橋下が、かつての浜町堀の河口で、左は箱崎川だった……⓮浜町川緑道の西側に沿って北へまっすぐ進む……⓯「新大橋通り」・「甘酒横丁」・「金座通り」を越えて、日本橋富沢町の「みどり通り」を北へ行く……⓰日本橋大伝馬町12-12の角を左折……⓱大伝馬町12-8にある江戸会席「魚十」(朝日稲荷はこの辺にあった)……⓲日本橋大伝馬町13-1の角を右折して「大門通り」を北へ進み「大伝馬町本町通り」を越える……⓳大伝馬町9-7を左折して「えびす通り」へ入る(この大伝馬町と小伝馬町の間の「えびす通り」のうち、「人形町通り」へ出るまでの路地を「菊新道」という)

『鬼平犯科帳』第十三巻 第五話「春雪(しゅんせつ)」

あらすじ

長谷川平蔵は、富岡八幡宮二ノ鳥居の前で、五百石の旗本で先手組の頭・宮口伊織(いおり)が、財布を掏摸(すりと)られるところを目撃する。

すぐに後を追うと、年老いた掏摸は、深川の五百羅漢寺に近い百姓家へ入って行く。

掏摸が捨てていった財布の中を改めてみると、どこかの商家の図面が入っていた。

不審に思った平蔵は、直ちに、宮口伊織について内偵を開始。図面が、伊織の妻の実家である山下御門前の呉服問屋「伊勢屋」のものであることが判明する。

盗賊改方の捜査網が、宮口伊織の身辺に張り巡らされる……。

主な登場人物

宮口伊織：五百石の旗本で先手組の頭
宗八："木の実鳥の宗八"と異名をとる掏摸
おきね：もとは茶汲女で、いまは盗賊・大塚清兵衛の女
大塚清兵衛：盗賊の首領

読みどころ

- 今回の話の舞台は深川
- 池波さんは、この話では「尾張屋板」の江戸切絵図を使って、長谷川平蔵や掏摸の宗八を動かしている

「春雪」を訪ねて

永代寺門前町

原作の舞台
密偵・小房の粂八が亭主におさまっている、深川石島町の船宿〔鶴や〕で昼餉（ひるげ）をすませた長谷川平蔵は、久しぶりで富岡八幡宮へ参詣しようとおもいたった。粂八がみずから舟を出し、深川を縦横にめぐる堀川づたいに、永代寺門前町の船着場へ舟を着けた。

地下鉄・東西線「門前仲町」駅1番出口を出ると、すぐ右側の路地が深川不動の参道で、「永代通り」から北へ入るこの路地は、通称「深川御利益（ごりやく）通り」というそうだ。

道の両側にはいろいろな店屋が軒を連ね、ブラブラ、キョロキョロ歩いてみると何とも言えない安堵感を覚える。

不動尊の本堂へ向かって行くと、右側にひっそりと永代寺がある。

この参道を歩いている人の多くは、深川不動へ参詣する人達で、永代寺で足を止める者は少ない。

永代寺は、切絵図には富岡八幡宮と並んで大きな寺として描かれていて、附近の町は、江戸でも有数の門前町であったとか。もともと、富岡八幡宮の別当寺として創建されたものだが、明治の神仏分離で

永代寺

いったんは廃寺となり、明治二十九年に再興されて現在に至っている。

深川不動堂は、成田山新勝寺の別院である。

永代寺…東京都江東区富岡1-15-1

福永橋

原作の舞台
久永町(ひさながちょう)二丁目と石島町の外れに懸かる福永橋をわたると、向うは〔十万坪〕とよばれる一面の葦(あし)原になる。人影も絶えた。
老爺は、享保のころに埋め立てられた、宏大な葦原の中を、北へ向って斜めに突き切って行く。

掏摸の宗八が、深川の永代寺門前町で、宮口伊織の懐から財布を掏摸盗ってからの逃走経路は、まず、富岡八幡宮の裏へ出て、深川の地を東へ進み、大横川を渡って新田へ入ると、北へ向かって斜めに進んでいる。

ここで大横川を渡った橋は、原作では「福永橋」となっているが、これは尾張屋板の切絵図の間違いで、正しくは、「大栄橋」である。

近江屋板の切絵図と『復元・江戸情報地図』では、「大栄橋」となっているが、尾張屋板の切絵図では福永橋となっている。

原作で説明している「久永町二丁目と石島町の外れに懸かる橋」は大栄橋で、福永橋は大栄橋より少々北の大横川

から西へ入る「亥之堀」に架かる橋で、深川島崎町と深川久永町二丁目を結んでいた。これは尾張屋板の切絵図の間違いである。

大栄橋

写真は、大横川に架かる現在の大栄橋である。

福永橋が架かっていた亥之堀は埋め立てられ、橋も撤去されている。この部分の道路が盛り上がっているので、かつて、ここに橋が架かっていたことを偲ばせてくれ、堀の跡は「平野四丁目公園」となっている。

深川のこの辺は、堀と橋だらけだ。

五百羅漢寺

原作の舞台 長谷川平蔵は、老爺が、五百羅漢寺の近くにある小さな百姓家へ入るのを見とどける。

五百羅漢跡の石碑

五百羅漢寺は、明治二十年墨田区へ移り、その後、明治四十二年に現在の目黒区下目黒3-20-11へ移転している。

地下鉄・新宿線「西大島」駅を出たところにある「区民センター前」の交差点角に、写真のような石碑と説明板が立っている。

第十三巻 第五話「春雪」 145

現在、「新大橋通り」の反対側にある羅漢寺は、曹洞宗の寺で、昭和六十一年に建立されており、原作の五百羅漢寺とは別の寺である。

羅漢寺

羅漢寺…東京都江東区大島3-1-8

相模の国・一宮にある寒川大名神（さむかわ）

原作の舞台

掏摸取られた宮口伊織の紙入れの中には、相模の国・一宮にある寒川大名神の小さな御守りが一つに、何やら折り畳んだ真新しい紙が入っていた。

　相模・一之宮の寒川神社は、神奈川県高座郡寒川町にある。古くから、八方除（はっぽうよけ）の守護神として知られ、参詣に訪れる人が多いとか。
　JR東海道線の「茅ヶ崎」駅で相模線に乗り換え、四つ目の「宮山」駅で下車。徒歩10分位で寒川神社に着く。
　筆者が訪れたときは、真夏の午後。時季外れの神社は人

寒川神社

御守り

寒川神社
…神奈川県高座郡寒川町宮山3916

影もまばらで閑散としていた。本殿に参拝してから、八方除と健康・長寿の紫色の御守りを買い、神社を後にした。

　こうしてお参りを済ませると、何となくスッキリして、健康で長生きしそうな気になるから不思議なものである。

山下御門

原作の舞台
宮口伊織の妻の実家は、山下御門前の呉服問屋〔伊勢屋加右衛門〕だそうな。
伊勢屋は諸大名の屋敷へも出入りをゆるされ、江戸でも屈指の富商である。
伊織の妻は、伊勢屋加右衛門の次女で、名を幸という。

　JR「有楽町」駅から日比谷方面へ歩き、「晴海通り」を越えて、電車の高架橋に沿って歩くと、ガード下には焼鳥屋や居酒屋がビッシリ立ち並んでいる。このガードの真下に、ひと

山下橋跡説明板

一人がやっと通れるような暗い細い道がある。「有楽町産直飲食街」、通称「ぶんか横丁」と呼ばれている路地で、ガード下飲み屋街の典型的なところ。

　この路地を抜けると、突き当たりが銀座の「みゆき通り」へ通じている道で、かつて、ここに山下御門があった。レンガ作りの壁の前の歩道に、写真のような説明板が立っている。

大島橋

> **原作の舞台** 長谷川平蔵は、大島橋の下に待たせておいた小舟に乗り、間もなく、石島町の船宿〔鶴や〕へもどって来る。

 ここに登場する大島橋は、南十間川が小名木川と交差するところに架かっていた橋のことで、現在は、少し北へ移動している。

大島橋

 横十間川（南十間川）と小名木川が交差するこの場所には、小名木川クローバー橋というきれいな橋が架かっていて、この橋の上から眺める東京スカイツリーの景色が素晴らしい。

中ノ橋（下ノ橋）

> **原作の舞台** 長谷川平蔵と伊三次を乗せた小舟は、いったん大川へ出て、永代橋の手前を東へながれこむ堀川へ切れ込み、中ノ橋、千鳥橋をくぐりぬけて右の堀川へ入り、福島橋の下へ舟を着ける。

 原作で描写している堀川は、油堀のことで、従って、中ノ橋は下ノ橋の誤りである。

 深川のこの地区（江東区佐賀）には、仙台堀と油堀の間

に中ノ堀という堀があり、ここに架かっていた橋が中ノ橋で、長谷川平蔵と伊三次を乗せた小舟が、この堀に入ったとすると千鳥橋はくぐらない。

　油堀の大川河口に架かっていた橋は、近江屋板の切絵図では、下ノ橋となっているが、尾張屋板のものでは中ノ橋となっている。正しくは、「下ノ橋」である。 地図25

　現在、油堀は埋め立てられ、下ノ橋も撤去されている。

大島町の飛地

原作の舞台

手早く、伊三次が勘定をすませ、三人は翁庵を出た。
宮口伊織は、翁庵から目と鼻の先の大島町の飛地にある家へ入ったという。
その家は、土手道の崖下にあった。
このあたりは、むかし、一つの島だったのを、幕府が何度も埋め立てて、いまでは大名の下屋敷もたちならんでいる。
土手道の右側は松平下総守の抱え屋敷で、長い土塀が江戸湾の入海ぎわまでつづいていた。

　大島町の飛地は、第四巻・第五話「あばたの新助」、第十二巻・第七話「二人女房」でも舞台となっている。「あばたの新助」では、〔大島町の飛地と三蔵橋と水野土佐守・抱屋敷〕の記述があり、「二人女房」では〔深川の大島町の飛地と江戸湾の海水が流れこむ堀川に沿った場所には、小ぎれいな別荘ふうの家が少なくない〕となっている。

従って、本篇を含めた三作の「大島町の飛地」は、同一の場所を表現しているものと考えられる。 地図25

大島橋

> 原作の舞台
> 粂八を残し、長谷川平蔵は伊三次と、家の向う側へまわってみた。
> 向う側は、堀川に面した細い道が通っている。
> いま、わたって来たばかりの大島橋までもどった平蔵へ、同心・沢田小平次が近づいて来た。これはきっちりとした侍の姿で編笠をかぶっている。

　ここに登場する大島橋は、深川の大島町と中島町を結んでいた橋で、現在はない。 地図25
　江東区永代二丁目1番地にある「大島川児童遊園」前の通りあたりに架かっていた橋で、かつて、この場所には大島川から北へ（現在の「葛西橋通り」の方向へ）堀があった。

越中橋（えっちゅう）

> 原作の舞台
> 宮口伊織が越中橋をわたってこちらへ来るのを見たとき、長谷川平蔵は決意し、近寄って行き、編笠を除（と）って顔を見せた。

　楓川に架かっていた越中橋は、明治維新になって現在の久安橋と名前を変えている。
　震災復興事業の一つとして、「八重洲通り」の造成を行ったとき、現在の位置に架設された。

今昔散歩重ね地図（深川）

首都高速・都心環状線（楓川）をまたいでおり、橋の上は「八重洲通り」が通っている。首都高速「宝町ランプ」のすぐ横に架かる橋である。

　その昔、松平越中守の屋敷前にあったことからこの名で呼ばれていた。

　橋の西詰に、説明石碑あり。

久安橋（越中橋）

 ラーメン屋「おはる」のその後……

　本多さんという熱心な読者の方から、指摘を受けた。

　筆者の『鬼平犯科帳ゆかりの地を訪ねて』第１部を読んで、いろいろ歩かれたそうだ。

　ラーメン屋「おはる」へも行ってみた。ところが、「ラーメンの具にナルトは入っていなかった……」という。

　本書の第１部269頁〔ひとやすみ〕コーナーに、ラーメン屋「おはる」について書いたが、確かに「小さなナルトが二枚……」となっている。「二枚」とまで具体的な数を明記したのだから、ナルトが入っていないはずがない……。

　そこで、さっそく確認に出かけてみた。

　三年振りに「おはる」を訪ねてみると、カウンターの中には息子さんがいて、親爺さんがいなかった。何でも、身体の具合が思わしくなく隠居したとか。

　ラーメンの値段も、消費税が８％に上がったのを機に50円値

上げし、550円になっており、夜も営業するようになったそうだ。

　注文したラーメンが来るまで、こんなにドキドキしたことはない。

　見ると、チャーシューが一つに例の長方形のシナ竹、二切れの莢インゲンは入っているが、ナルトはのってない！

　食べながら恐る恐る自己紹介し、件(くだん)のナルトについて訊いてみた。

　御主人（息子さん）は、本多さんのことも、筆者の「鬼平」の本もよく御存じで、ナルトの質問に……、「当店は昔からナルトは使っていません」とのことだ。

　このラーメン屋「おはる」の一件は、まだ終わっていない……。

　筆者が、『鬼平犯科帳ゆかりの地を訪ねて』第１部を出版したのが2014年４月。最初に、読者の方から誤りを指摘されたのもラーメン屋「おはる」のコーナーだった。

「鞘インゲン」の「鞘」という字が違っているという。

　今回、「おはる」のナルトの一件で、はからずも「莢インゲン」と正しく書き改める機会にめぐり合うことができ、ホッとしている次第である。

■**参照**　深川・石島町の船宿「鶴や」 ➡ ① P.59

　　千鳥橋 ➡ ① P.230

　　福島橋 ➡ ① P.268

　　愛宕権現 ➡ ① P.63

「鬼平」散策コース①

所要時間：約1時間30分

長谷川平蔵が、掏摸の宗八を尾行する……

❶富岡八幡宮二ノ鳥居前（「永代通り」に面してある鳥居）……❷「永代通り」を少々西へ……❸一つ目の信号を右折して八幡宮の脇道へ……❹「和倉橋」の信号を右折して直進……❺「鶴歩橋西」の信号を左折……❻「葛西橋通り」を越えて亀久橋を渡り右折……❼仙台堀に沿って東へ……❽木場公園の間の道を進む……❾大横川に架かる大栄橋を渡り直進……❿「石住橋」の信号を左へ……⓫「大門通り」を北へ……⓬「扇橋一丁目」の信号を右折して「清洲橋通り」を東へ……⓭「扇橋二丁目」の信号を左折して「四ツ目通り」を北へ……⓮「小名木川橋」を渡って直進……⓯「住吉二丁目」の信号を右折して「新大橋通り」を東へ……⓰「明治通り」との交差点（「区民センター前」の信号）の「江東区総合区民センター」まえに五百羅漢寺の石碑と説明板がある。道路の反対側に、現在の羅漢寺がある。

「鬼平」散策コース②

所要時間：約50分

長谷川平蔵が、宮口伊織を追う……

❶深川の大横川に架かる越中島橋北詰（近くに大島町の飛地を想定して）……❷「大横川水辺の散歩道」を西へ歩く……❸練兵衛橋で一般道（「永代河岸通り」）へ出て巽橋を渡る……❹永代公園を通って永代橋東詰へ出る……❺永代橋を西へ渡り、「永代通り」を西へ進む……❻霊岸橋を渡り、「新大橋通り」を越えて……❼千代田橋の東詰を左折して首都高速（楓川）に沿って南へ行く……❽中央警察署、阪本小学校、新場橋東詰を経て……❾久安橋（越中橋）

第十三巻 第五話「春雪」

『鬼平犯科帳』第十三巻 第六話「一本眉(いっぽんまゆ)」

あらすじ

湯島天満宮の裏に「治郎八(じろはち)」という煮売り酒屋がある。

盗賊改方の同心・木村忠吾は、この店の常連で、ときどき会う商家の主人を思わせる中年の男と顔なじみになり、密かに、この男の濃い眉毛が、左右つながって見えるところから「一本眉の客」と呼んで好感を持っていた。

この「一本眉の客」、実は、本格派の盗賊の首領で、清洲の甚五郎(きよすのじんごろう)という。

「治郎八」は、一味の盗人宿で、三日後に元飯田町中坂上の銘茶問屋「亀屋」に押し込む計画になっており、すでに四年前から引き込みの女〝おみち〟を下女として奉公させていた。

ところが、この「亀屋」が、清洲一家が押し込む三日前に、「急ぎばたらき」の兇賊・倉淵の佐喜蔵(くらぶちのさきぞう)一味によって襲われ、主人夫婦をはじめ家の者と奉公人が皆殺しにあい、千五百両余りが強奪されてしまう……。

主な登場人物

清洲の甚五郎：本格派の盗賊の首領
おみち：清洲一味の引き込み女
倉淵の佐喜蔵：「急ぎばたらき」の盗賊の首領
茂の市：嘗役(なめやく)の座頭

読みどころ

- 筆者が選ぶ「鬼平」ベスト20のひとつ
- 今回の主役は、本格派の盗賊の首領・清洲の甚五郎
- 長谷川平蔵の出番なし
- 「蛤と豆腐と葱の小鍋立て」が旨そう、熱燗で……

「一本眉」を訪ねて

元飯田町の中坂上

原作の舞台
煮売り酒屋〔治郎八〕の二階に、一本眉の男を、治郎八の亭主と五人の男たちが囲み、一枚の絵図面を前に、何やら、ささやき合っている。
絵図面は、元飯田町中坂上の銘茶問屋で、栄寿軒・亀屋久右衛門のものである。

元飯田町の中坂については、第六巻・第六話「盗賊人相書」(本書の第2部45頁)を参照されたし。

神田三河町四丁目

原作の舞台
座頭・茂の市は、神田三河町四丁目の高砂煎餅が名物という高砂屋半右衛門方の横道を入ったところの小さな家に、女房"おふみ"と住んでいた。

神田三河町四丁目は、現在の神田司町二丁目あたり。 地図26

表猿楽町の通り

原作の舞台
座頭・茂の市の家を出た野柿の伊助は表猿楽町の通りを水道橋の方へ、ゆっくりと歩いて行く。

表猿楽町の通りは、現在の神田の「錦華通り」のこと。

「靖国通り」の「駿河台下」の信号から一つ西側、三井住友銀行の角の信号を北へ入る通りである。 地図26

復刻版江戸切絵図〈飯田町駿河台〉小川町絵図（部分）

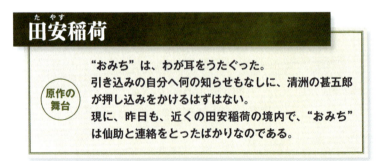

田安(たやす)稲荷

原作の舞台

"おみち"は、わが耳をうたぐった。
引き込みの自分へ何の知らせもなしに、清洲の甚五郎が押し込みをかけるはずはない。
現に、昨日も、近くの田安稲荷の境内で、"おみち"は仙助と連絡をとったばかりなのである。

前述の「中坂」の途中に、「築土神社」がある。田安稲

荷は、この神社の境内に祀られている「世継稲荷」が、かつての「田安稲荷」である。

神社の人に聞いてみると、もともとこの地には「田安稲荷」があったのだが、「築土神社」がここに移転して来て、現在のように同じ場所に祀られるようになったとか。

世継稲荷（田安稲荷）

世継稲荷…東京都千代田区九段北1-14-21

乗蓮寺、本寿寺

原作の舞台

品川・千住・内藤新宿と共に江戸四宿の一つである板橋は、中仙道の首駅であり、石神井川をはさんで上宿・中宿・平尾宿の三つに宿場町が別れ、これを合わせて板橋宿とよぶ。
江戸の中心・日本橋からは二里二十町である。
その板橋中宿の、西側にある乗蓮寺と本寿寺の間の道を西へ入り、さらに石神井川の川岸へ曲がったところに、〔御料理・貸座敷　岸屋万七〕と、看板をかかげた料理屋がある。
ここが、兇盗倉淵の佐喜蔵一味の盗人宿であった。

乗蓮寺は、昭和四十六年、板橋区赤塚5-28-3へ移転。本寿寺（本寿院）は、昭和十二年、練馬区早宮2-26-11へ移転している。 地図27

地図27

復刻版江戸切絵図〈染井王子〉巣鴨辺絵図（部分）

■ **参照**　湯島天満宮 ➡ ① P.195

　　　　仙台堀 ➡ ① P.18

　　　　板橋宿 ➡ ② P.161

**若い頃の「鬼平」はワルかった……
そして、その残り火がいつまでも……**

　以下に、火付盗賊改方の長官である「鬼の平蔵」の、若かりし頃からのワル振りを列挙してみた。

- 娼婦"仙台堀のおろく"のヒモのような生活をしていた時期があった：第一巻・第八話「むかしの女」
- 盗賊改方解任中とはいえ、盗人"伊砂の善八"の助手をする：第三巻・第二話「盗法秘伝」
- "土壇場の勘兵衛"というたちの悪い無頼漢を、喧嘩のすえ殺してしまう：第五巻・第五話「兇賊」
- 本格派の盗賊である初代・狐火の勇五郎の女に手を出す：第六巻・第四話「狐火」
- 親友・岸井左馬之助とともに、盗人の手伝いをしかかる：第七巻・第五話「泥鰌の和助始末」
- 義はあれど、変則の仇討ちに味方して一人を斬殺し、三人に怪我を負わせる：第七巻・第六話「寒月六間堀」
- 無頼御家人・木村惣市を喧嘩の上で斬殺。惣市の息子・源太郎（後の盗賊・猫間の重兵衛）の誘いに乗り、盗賊の手助けをする：第二十二巻特別長篇「迷路」

「鬼平」散策コース

所要時間：約3時間15分
旧中仙道を歩く

一本眉配下の二人が、盗賊・倉淵の佐喜蔵の手下・野柿の伊助を尾行する……

❶千代田区神田司町2-14番地の居酒屋「みますや」附近（神田三河町四丁目の座頭・茂の市の家はこの辺にあった）……❷路地を北へ行き「靖国通り」へ出る……❸「靖国通り」を西へ、駿河台下へ……❹三井住友銀行の角の信号を右折し「錦華通り」へ入る（表猿楽町の通り）……❺「錦華通り」を北へ行き「小栗坂」を上る……❻ＪＲ中央線の線路壁へ突き当たって左へ……❼「白山通り」へ出る信号を右折して水道橋を渡り……❽「水道橋」の信号を右折して「外堀通り」へ、神田川に沿って坂を上る（原作の仙台堀に沿った道を東へ）……❾「順天堂前」の信号を左折……❿坂を上り「本郷通り」へ出て北へ進む……⓫「本郷弥生」の信号の次の信号を左へ行き、「旧中仙道」へ入る（国道17号）……⓬「中仙道」を北へ……⓭「白山上」の信号を越えて、東洋大学を過ぎ、「千石駅前」の交差点で「白山通り」と合流……⓮「白山通り」を北へ……⓯巣鴨駅前で「巣鴨地蔵通商店街」（旧中仙道）へ入る。ぶらぶら、キョロキョロ散歩して……⓰「庚申塚」の信号を直進し、さらに「旧中仙道」を行く……⓱滝野川を過ぎ板橋へ入ると、板橋1-46-4に「板橋平尾宿」の説明板がある……⓲「下板橋通り」を越えて、板橋郵便局前の信号をわたり「国道17号線」を越える……⓳板橋宿の商店街に入り、平尾宿（不動通り商店街）、仲宿を通って……⓴石神井川に架かる板橋

『鬼平犯科帳』第十四巻 第一話「あごひげ三十両（さんじゅうりょう）」

岸井左馬之助は、渋谷の氷川明神に参詣したとき、高杉銀平道場の大先輩・野崎勘兵衛（のざきかんべえ）を見かける。

あれから二十数年、勘兵衛は、すっかり年老いて頭もはげ、貧相な身なりだったが、真っ白に垂れたあごひげだけが立派だった。

勘兵衛は、長谷川平蔵と左馬之助より二十歳上で、高杉道場の免許皆伝の腕前だったが、深川の船宿の女で通称"便牽牛のお兼"（へんけんぎゅう）に溺れこみ、全財産を使い果たしたうえ女房と子供を捨て、"お兼"を連れて失踪してしまう。

このとき、注意する高杉先生と言い争いになった勘兵衛を、早合点した平蔵と左馬之助が斬りつけ、勘兵衛の躰には二人の刀傷が残っているはずだった。

平蔵と左馬之助は、連れ立って渋谷へ向かう……。

主な登場人物

堀田摂津守：近江堅田（かただ）一万石の大名で若年寄
野崎勘兵衛：高杉銀平道場の先輩
便牽牛のお兼：深川の船宿の娼婦で、野崎勘兵衛の女
岸井左馬之助：長谷川平蔵の親友で剣友

読みどころ

- 長谷川平蔵と岸井左馬之助が、連れ立って渋谷へ行く
- 親友二人が旅をするのは、第八巻・第六話「あきらめきれずに」で府中へ出かけて以来のこと

「あごひげ三十両」を訪ねて

江戸城・大手御門

> **原作の舞台** 長谷川平蔵は、供の者二名を従え、黙然と清水門外の役宅を出て、江戸城・大手御門外の堀田邸へ向った。

　大手御門は、江戸城内郭門の一つで、本丸下の内濠に架かっていた大手土橋にある最も重要な門。

大手門

神田佐久間町四丁目

> **原作の舞台** 岸井左馬之助は、長谷川平蔵の口ききで、神田佐久間町四丁目にある、一刀流・松浦源十郎元宣の道場へ通い、代稽古をつとめていた。

　神田佐久間町四丁目については、第十二巻・第二話「高杉道場・三羽烏」を参照されたし。

氷川明神と弁天堂

> **原作の舞台**
> 渋谷の羽根沢にある佐藤屋敷のすぐ近くに、氷川明神の社がある。渋谷川のながれを前にした、この社は松と杉の深い木立に囲まれてい、岸井左馬之助は南側の坂をのぼり、境内へ入り、拝殿に詣で、西の参道を渋谷川の方へ歩み出した。
> 氷川明神社の拝殿の左側の、弁天堂の前に待っている長谷川平蔵へ、石段をあがって来た岸井左馬之助が、手を振った。

　氷川神社は、「明治通り」の渋谷区東二丁目20と21の間の参道を上って行くと、一の鳥居を経て本殿へ達する。

「明治通り」の反対側が渋谷川で、この辺が原作の舞台となっている。

地図28

　氷川神社の本殿は、昭和十三年に建て替えられて現在の位置にあるが、それ以前は、今より少し右手の参道正面にあったそうだ。

　境内には二つの社があるが、厳島神社の社が原作に書かれている弁天堂である。

氷川神社

弁天堂（厳島神社）

氷川神社…東京都渋谷区東 2-5-6

復刻版江戸切絵図　東都青山絵図（部分）

- **参照**　本所・出村町の高杉銀平道場 ➡ ① P.21
　　　　渋谷川（新堀川）➡ ① P.108

第十四巻 第一話「あごひげ三十両」

「鬼平」散策コース

所要時間：約2時間

長谷川平蔵と岸井左馬之助が、連れ立って渋谷の氷川神社へ行く……

❶江戸城の清水門（火付盗賊改方役宅を想定して）……❷「内堀通り」で九段下へ出る……❸「九段下」の信号を左折し、「靖国通り」で九段坂を上る……❹田安御門を左に、靖国神社を右に見て直進……❺JR「市ヶ谷」駅の信号を左折して「新坂」を上る……❻最初の路地（千代田区五番町2）を右折し、「外濠公園」を散策しながら四ツ谷駅へ……❼「四谷見附」の信号を左折して「外堀通り」を南へ……❽右手に迎賓館、左手に喰違御門を見て「紀伊国坂」を下る……❾「赤坂見附」の信号を右折して「青山通り」へ入る……❿坂を上り右手に豊川稲荷を見て「青山通り」を西へ進む……⓫地下鉄銀座線の「青山一丁目」、「外苑前」、「表参道」駅を過ぎて、青山学院大学の角を左折……⓬青山学院大学に沿って歩き、「渋谷二丁目」の信号で「六本木通り」を越える……⓭「八幡坂」を少し下って、二つ目の路地を左折し道なりに行く……⓮実践女子学園、渋谷図書館を経て突き当たりを左へ……⓯「渋谷図書館入口」の信号を越えて直進すると氷川神社の裏参道へ出る……⓰鳥居をくぐり、左手の石段を上がれば本殿、右手へ下れば表の参道から渋谷川へ出る

『鬼平犯科帳』第十四巻 第二話「尻毛の長右衛門」

あらすじ

本格派の盗賊・尻毛の長右衛門は、近く、本所・吉田町の薬種問屋「橋本屋」へ押し込む予定で、二年前から配下の女"おすみ"を、引き込み役として住み込ませていた。

この"おすみ"との連絡役が、一味の布目の半太郎という二十八歳の盗賊である。

ところが、たびたび連絡を交わす"おすみ"と半太郎は、いつしか深い仲になり、今度の「盗め」が終わったら、お頭・長右衛門の許しを得て夫婦になろうと約束していた。

一方、女密偵"おまさ"は、薬種問屋「橋本屋」の勝手口から出て来た下女の"おすみ"を目撃し、「昔、尻毛の長右衛門のところで引き込みをしていた"お新"という女にそっくり……」と、長谷川平蔵に報告する。

盗賊改方の捜査が開始される……。

主な登場人物

尻毛の長右衛門：本格派の盗賊の首領
布目の半太郎：長右衛門配下の盗賊
おすみ：長右衛門配下の引き込み女

読みどころ

- この話の中の、長谷川平蔵と密偵の会話だが、平蔵が「よし。おれが木村に替わろう。伊三次はついてこい」、「五郎蔵と"おまさ"は、木村と共に、その百姓家と吉田町の橋本屋を見張れ……」というくだりがある。これまで、木村忠吾を「忠吾、忠吾」と呼んで、「木村」と呼んだためしはないが……

「尻毛の長右衛門」を訪ねて

本所・吉田町二丁目

> **原作の舞台**
> 尻毛の長右衛門一味が、本所吉田町二丁目にある薬種問屋・橋本屋伊兵衛へ押し込む夜は十日後にせまっていた。

　本所吉田町二丁目は、現在の墨田区石原四丁目26のあたり。 地図29

上州・妙義山の笠町の旅籠「駒屋」

> **原作の舞台**
> いまの布目の半太郎にとっては、"おすみ"と別れるよりも、尻毛の長右衛門の許を去ることのほうが残念なのである。
> ともかくも、江戸をはなれ、上州、妙義山の笠町で小さな旅籠の亭主におさまっている駒屋万吉のところへ、しばらくは身を隠すつもりであった。

　妙義山の笠町の旅籠「駒屋」の調べが難航している折、静岡の安池さんから有力な情報がもたらされた。
　ここはひとつ、二人で現地へ行ってみようということになり、上州の妙義神社へ出かけてみた。
　妙義神社参道入り口にある旅館「東雲館」の御主人・中島さんにお会いして、「江戸時代文化年間の妙義町並み図」を拝見した。

復刻版江戸切絵図　本所絵図（部分）

それによると、妙義山笠町は妙義神社の門前町で、旅籠「駒屋」は、「東雲館」の反対側、参道のやや上の方に、かつてあったことになる。

妙義神社

　よく見ると、この資料の左下に、『商家高名録・諸業高名録』（萩原進・近藤義雄編）という案内本の一部がコピーされていて、それには、「上州妙義山笠町　御泊宿　駒屋半兵衛」とあった。

　池波さんは、恐らく、この資料からヒントを得て書かれたものと思われるが……。

妙義神社…群馬県富岡市妙義町妙義6

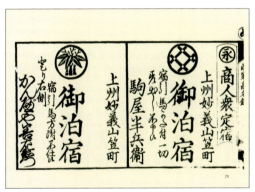
『商家高名録・諸業高名録』

第十四巻 第二話「尻毛の長右衛門」　173

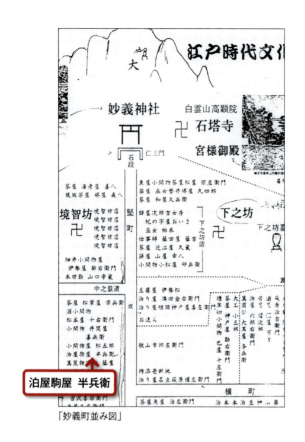

「妙義町並み図」

■ **参照**　押上の法恩寺 ➡ ① P.21

　　　　清住町の霊雲院 ➡ ② P.23

　　　　本所の四ツ目橋 ➡ ① P.199　② P.144

　　　　法恩寺橋 ➡ ① P.21

　　　　一ツ目橋 ➡ ② P.109

　　　　回向院 ➡ ① P.39

『鬼平犯科帳』第十四巻 第三話 「殿(との)さま栄五郎(えいごろう)」

あらすじ

鷹田(たかんだ)の平十は、諸方の盗賊の首領に盗賊を周旋する「口合人(くちあいにん)」で、今年、五十七歳。この道十五年のベテランである。

このほど、盗賊・火間虫(ひまむし)の虎次郎から、「急ぎばたらき」に使う腕ッ節の強いのを一人世話してくれと頼まれ憂鬱になっていた。

浮かぬ顔で不忍池のほとりを歩いていると、「嘗役(なめやく)」の馬蹄(うまぶき)の利平治に出会う。

二人は、この渡世でもお互いを信用し合える仲で、平十は、昨日の火間虫の虎次郎からの依頼について相談する。

すると、利平治が、「手頃な奴がいるので、あたってみよう……」と、請け負ってくれた。

平十は、利平治がいま、盗賊改方の密偵となっていることを知らない。

役宅に戻った利平治が、以上の経過を報告すると、長谷川平蔵は、この道の大物〝殿さま栄五郎〟になりすまし、虎次郎一味に潜入すると言う……。

主な登場人物

鷹田の平十：盗賊の口合人
火間虫の虎次郎：「急ぎばたらき」の盗賊の首領
馬蹄の利平治：もとは盗賊の嘗役だが、いまは長谷川平蔵の密偵
五条の増蔵：火間虫の虎次郎の手下

読みどころ

- 密偵・馬蹄の利平治の初手柄
- 「口合人」とは、盗賊周旋屋のこと
- 軍鶏鍋屋「五鉄」の裏には、「猫道」とよばれる細い道がもう一本北側へつきぬけている

「殿さま栄五郎」を訪ねて

谷中三崎町の法住寺

> **原作の舞台**
> ここは、谷中三崎町の法住寺門前にある小さな花屋で、口合人・鷹田の平十の女房おりきが、商売を一手に取りしきっている。

　法住寺は、昭和五年に浅草の安養寺と合併して「法受寺」と名前を変え、足立区東伊興へ移転している。

　住職さんは谷中の「法住寺」が、『鬼平犯科帳』に出てくることも、『江戸名所図会』に描かれていることもよく御存じだった。

芝の方丈河岸

> **原作の舞台**
> 芝の方丈河岸というのは、浜松町三・四丁目の裏側で、ここから堀川が東へ伸び、江戸湾へ入り込んでいる。川の両側は新網町で、むかしむかし、徳川家康が江戸へ入国したころは、このあたりは海岸であって漁師たちが住みついていたそうな。
> いまも、かなりの漁師がいて、舟着場もあるし、近くの芝・増上寺を中心とする町すじとは、がらりと趣きを異にしている。
> 火間虫の虎次郎の盗人宿になっている「湊屋」という宿屋は、浜松町四丁目の裏手にあり、南どなりが網干場となってい、北どなりは瀬戸物問屋・備前屋の裏手である。

　芝の方丈河岸は、増上寺の物揚場であったところからこ

のように呼ばれたそうで、堀の南北が新網町であった。

　現在の貿易センタービルの南側で、浜松町二丁目9番8に讃岐小白稲荷神社があるが、この辺が、かつての方丈河岸である。地図30

　この附近には、今でも数軒の船宿がある。

讃岐小白稲荷神社

■**参照**　石川島の人足寄場 ➡ ① P.67
　　　　薬研堀不動 ➡ ② P.110
　　　　堅川の二ツ目橋 ➡ ① P.24

復刻版江戸切絵図〈芝口南西久保〉愛宕下之図（部分）

「鬼平」散策コース①	口合人・鷹田の平十が行く……
所要時間：約**45分**	

❶谷中・三崎坂の喫茶店「乱歩」（谷中の法住寺を想定して）……
❷三崎坂を上る……❸台東初音幼稚園前の信号を右へ入り直進……
❹「谷中六丁目」の信号を越える（右角に「谷中・いろは茶屋」に登場した一乗寺あり）……❺直進して道なりに進み、都立上野高校に沿って歩き「清水坂」を下る……❻「動物園通り」を歩き、左手に「五條天神」を見て進むと右手に不忍池が開けてくる

第十四巻 第三話「殿さま栄五郎」

「鬼平」散策コース②

所要時間：約2時間30分

長谷川平蔵と盗賊改方の捜査陣が、芝の方丈河岸へ急行する……

❶二之橋北詰（軍鶏鍋屋「五鉄」を想定して）……❷堅川の北岸を西へ……❸一之橋北詰を右折……❹「一の橋通り」を直進して「京葉道路」へ出たら左折……❺両国橋を渡り西詰を左折……❻隅田川に沿って歩き、日本橋浜町二丁目から「金座通り」へ入る……❼人形町を通って、江戸橋北詰で「昭和通り」を越え、日本橋北詰へ出る……❽日本橋を南へ渡って「中央通り」を直進……❾京橋、銀座、新橋を通って「第一京浜国道」（東海道）を南へ……❿「大門」の交差点を越えて直進……⓫「浜松町二丁目」の信号を左折……⓬真直ぐ進み最初の信号を越えて、次の路地を右へ……⓭讃岐小白稲荷神社（方丈河岸の船宿「湊屋」はこの辺にあった）

『鬼平犯科帳』第十四巻 第四話 「浮世の顔」

あらすじ

王子権現の裏参道に近い滝野川村で、二人の死体が発見される。一人は、侍で、鳥羽三万石・稲垣信濃守の家臣・佐々木典十郎といい、もう一人は、町人風の身なりの男であった。

検死に立ち会った密偵・大滝の五郎蔵によると、町人風の男は「急ぎばたらき」の盗賊・藪塚の権太郎であるという。

五郎蔵と巣鴨の御用聞き・伊三郎は、板橋宿を中心に調べをすすめるが、捜査は難航し半年が経過する。

五郎蔵と伊三郎の、地道な捜査が続く……。

その年も押しつまったある日、板橋宿に立ち寄った五郎蔵は、盗賊・牛久保の甚蔵が、「上州屋」という小さな旅籠に入って行くのを目撃する。

俄然、色めき立つ捜査陣。

「上州屋」がマークされ、出入りの者を尾行して、翌年の二月には、品川と千住の盗人宿も突き止められる……。

主な登場人物

佐々木典十郎：鳥羽三万石・稲垣信濃守の家臣
藪塚の権太郎：「急ぎばたらき」の盗賊
およし：百姓の娘
伊三郎：巣鴨の御用聞き
神取の為右衛門：「急ぎばたらき」の盗賊の首領

読みどころ

● 密偵・大滝の五郎蔵と御用聞き伊三郎の地味な捜査が実を結ぶ

「浮世の顔」を訪ねて

紀尾井坂
きおい

原作の舞台　佐々木典十郎の遺体は、すでに外桜田・紀尾井坂の稲垣屋敷へ移されていた。

　紀尾井坂は、喰違(くいちがい)御門から清水谷公園へ下る坂で、江戸時代、この坂の両側に紀伊・尾張・井伊家の屋敷があったところから付いた名前である。

　坂の途中に、写真のような標柱がある。

　尾張屋板の江戸切絵図には、紀尾井坂に稲垣信濃守の上屋敷が描かれている。

紀尾井坂

巣鴨本村の大源寺

原作の舞台　藪塚の権太郎の遺体は、巣鴨本村の大源寺へ運ばれていた。大源寺は、このあたりの変死人の埋葬を幕府に依頼されている寺の一つだ。

　大源寺は原作者の創作によるものと思われ、切絵図には認められない。

板橋宿、平尾町、中宿、石神井川

原作の舞台

そこで今朝。五郎蔵は巣鴨から板橋宿へ入り、平尾町から中宿をぬけ、石神井川に架かる小橋をわたって、橋のたもとの茶店へ入り、熱い茶を飲んでいた。
このとき、盗賊・牛久保の甚蔵が、中仙道を板橋宿へ入って来て橋をわたり、橋の向うのたもとの、これも茶店の〔日吉屋〕の横手へ曲がって行く。

板橋宿については、本書の第2部161頁と 地図31 を参照されたし。

復刻版江戸切絵図〈染井王子〉巣鴨辺絵図（部分）

麻布の永坂、狸穴、鼠坂

原作の舞台
神取一味が召し取られて三月ほどのちの、梅雨の最中の或日、長谷川平蔵は麻布・永坂に住む旧知の旗本・三浦主膳邸を訪ねた。
帰路、平蔵は、麻布の狸穴に住む御家人で、高杉道場の剣友でもある八木勘左衛門を思いだし寄ることにした。
塗笠に木洩れ日を避けつつ、平蔵は鼠坂の上の道へ出る。

　麻布の永坂、狸穴、鼠坂については、地図32で確認されたし。
　鼠坂は、第三巻・第一話「麻布ねずみ坂」に初登場し、第二十一巻・第二話「瓶割り小僧」でも重要な舞台となっている。
　本書の第１部132頁を参照されたし。

■ **参照**　王子権現 ➡ ① P.88
　　　　　板橋宿 ➡ ② P.161
　　　　　王子稲荷 ➡ ① P.15

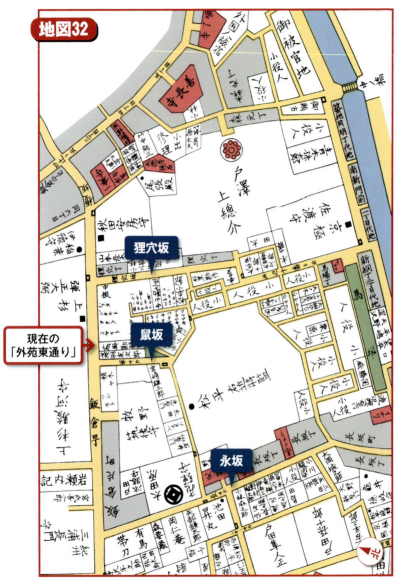

復刻版江戸切絵図　東都麻布之絵図（部分）

『鬼平犯科帳』第十四巻 第五話「五月闇(さつきやみ)」

あらすじ

密偵の伊三次には、下谷町二丁目・俗に提灯店(ちょうちんだな)と呼ばれる岡場所の「みよしや」に、馴染みの娼婦"およね"がいる。

ある日、この"およね"から、先日来た客で左の胸に傷跡があり、名前を同じ"伊佐さん"という男の話を聞かされ愕然とする。

伊三次は役宅に戻り、その客が兇賊・強矢の伊佐蔵(すねや)であることを報告したが、長谷川平蔵は、伊三次の表情が苦悩と哀しみに満ちていることを見逃さなかった。

今回の物語は、密偵・伊三次の暗い過去にまつわる話で、上野・下谷を中心に、早いテンポで展開する……。

主な登場人物

伊三次：長谷川平蔵の密偵
およね：岡場所「みよしや」の娼婦
強矢の伊佐蔵：盗賊
市野の馬七(うましち)：伊佐蔵の盗賊仲間

読みどころ

- 筆者が選ぶ「鬼平」ベスト20のひとつ
- 密偵の伊三次が、盗賊・強矢の伊佐蔵の兇刃に倒れる
- 伊三次は、盗賊改方の密偵になる前は、盗賊・四ツ屋の島五郎の配下だった
- 長谷川平蔵と伊三次の、男の絆が読みどころ！

「五月闇」を訪ねて

摩利支天横町

原作の舞台

帳場から、大滝の五郎蔵が飛び出して来た。
一散に、摩利支天横町へ走り出た二人のうしろから追いすがった五郎蔵が、身を投げるようにして、馬七へ組みついた。
伊佐蔵は、馬七を見捨てて逃げた。

　現在の「アメヤ横丁」と「上野中通り」をつなぐ路地に徳大寺という寺がある。この寺の守護神が「摩利支天」であったことから、この細い通りを「摩利支天横町」と呼んでいた。

　徳大寺の奥さんは、寺の前の小道が「摩利支天横町」と言われていたことや、『鬼平犯科帳』に登場することをよく御存じだ。

　それにしても、この「アメ横」、いつ来ても人だらけ。

地図33

徳大寺

―――――――――――――

徳大寺…東京都台東区上野 4-6-2

■ **参照**　上野山下の提灯店 ➡ ② P.16
　　　　　広徳寺 ➡ ① P.200

復刻版江戸切絵図　東都下谷絵図（部分）

ひとやすみ　伊三次の生まれ故郷・伊勢の朝熊を訪ねて

　密偵の伊三次が、『鬼平犯科帳』に初めて登場してきたのは第四巻・第五話「あばたの新助」である。

　以来、物語にはたびたび登場し、長谷川平蔵の腹心の密偵として活躍してきたが、この「五月闇」で、強矢の伊佐蔵の兇刃に倒れ殉職する。

　伊三次が、自分の異名を「朝熊（あさくま）」と名乗ったのは第九巻・第三話「泥亀（すっぽん）」である。詳細は、本書の第2部197頁を参照されたし。

　そこで、この「五月闇」を機に、伊三次の故郷・伊勢の朝熊を訪ねることにした。

　今回も例にもれず、「朝熊」以外は特別に地名や場所が記述されていない。

　そこで、いろいろ吟味した結果、最も伊勢の朝熊をイメージするところへ行ってみようということになり、朝熊岳（あさま）の山頂近くにあって、伊勢神宮の鬼門を守る名刹・金剛證寺（こんごうしょうじ）の奥之院（正式には、呑海院という）へ出かけてみた。

　名古屋から近鉄特急に乗り換え、「五十鈴川（いすずがわ）」駅で降りる。

　乗ったタクシーの運転手さんは、本業は伊勢神宮の観光案内人だそうだが、北陸新幹線の開業で観光客がみんなそちらに行ってしまい、今は仕事が暇で運転手をしているとのこと。

　そんなわけで、格好のガイドにめぐり合い、伊勢志摩スカイラインをドライブして朝熊岳を目指した。

　金剛證寺に参拝して奥之院へ行くと、写真のような塔婆の回廊が目に飛び込んでくる。

一番大きな柱のような角塔婆と言われるものは、30cm角で高さが7.8mもあり、一本50万円するそうだ。

　現在、大小合わせて約1万本の塔婆が整然と立っている。これは、一見の価値あり。

金剛證寺奥之院

　かつては、石原裕次郎や美空ひばりのファンが、大きな塔婆を立てたこともあったそうだ。

　筆者としても、ぜひ、伊三次の塔婆を立ててみたいと思い、寺の人に訊いてみると、「架空の人の塔婆は、これまで受け付けたことがないので御容赦ください……」とのこと。

　伊勢を後にして松阪へ向かう。

　夕食は、「和田金」ですき焼を食べることに決めていた。『鬼平犯科帳』の取材とすき焼は不思議な縁がある。

　というのは、本書の第1部125頁で訪れた、伊賀上野のすき焼屋「金谷」は、池波さんが『食卓の情景』（新潮文庫）に採り上げた店で、伊賀牛のうまさに満足したと書かれている。

　このエッセーには、伊賀牛と松阪牛を比較したくだりがあって、伊賀牛は「こってりとあぶらの乗った年増女……」、松阪牛は「丹精こめて飼育された処女……」とある。

　そこで、この機会に、松阪牛のすき焼を食べ、両者を比較検討してみようと考えたわけである。

　結論、腹が減っていて食べることに忙しく、とても両者を比べる余裕はなかった。

『鬼平犯科帳』第十四巻 第六話 「さむらい松五郎(まつごろう)」

あらすじ

火付盗賊改方の同心・木村忠吾は、目黒不動尊へ参詣したとき、盗賊・さむらい松五郎と間違われる。

間違えた男は、須坂の峰蔵という盗賊で、忠吾を、すっかりさむらい松五郎と思い込み、相談を持ちかけてくる。

峰蔵は、錠前破りを得意とする「一人ばたらき」の本格派の盗賊だが、いま、助役(すけやく)として所属している轆轤首(ろくろ)の藤七一味は、兇悪な「畜生ばたらき」の盗賊で、何とか組織を抜けたいと思っていた。

そこで、本格派の盗賊・さむらい松五郎一家に入れて欲しいと頼むのであった。

さむらい松五郎になりすました忠吾は、役宅に戻ると、今日の出来事を長谷川平蔵に報告する……。

主な登場人物

木村忠吾：火付盗賊改方の同心
網掛(あみかけ)の松五郎：通称、さむらい松五郎といわれる盗賊
須坂の峰蔵：盗賊
轆轤首の藤七：盗賊の首領

読みどころ

● 木村忠吾は、前作「五月闇」で殉職した伊三次を、木村家の菩提所である威得寺(いとくじ)に葬る

「さむらい松五郎」を訪ねて

目黒不動門前の「桐屋(きりや)」

原作の舞台

目黒不動の門前には桐屋という店が、名物の黒飴を売っている。
長官夫人の久栄は、この黒飴が大好物なので、忠吾は目黒へ来ると、忘れずに買いもとめて持ち帰ることにしていた。

　目黒不動門前の「桐屋」は、『江戸名所図会』から引用されたもので、その頃、目黒不動参詣のお土産に、名物の飴を買い求める人が多かったとか。
　目黒不動参道の中程にある「外崎商店」という古いお菓子屋さんが、よく「桐屋」の後継と言われるが、これは間違いである。

上覚寺

原作の舞台

兇賊・轆轤首の藤七一味の盗人宿は、目黒の権之助坂にある上覚寺の向かい側の松平家の下屋敷と細い道を隔てた茶店「日吉屋」であった。

　目黒の権之助坂を切絵図で見ると、尾張屋板では上覚寺、近江屋板では浄覚寺、『復元・江戸情報地図』では淨覚寺となっている。
　正しくは浄覚寺で、一説によると白金の瑞聖寺に合併し

復刻版江戸切絵図　目黒白金図（部分）

たと言われているが、郷土資料「目黒区大観」によると、昭和十年に廃寺となっている。

　原作の舞台となっている目黒の権之助坂周辺を、切絵図で確認してみよう。 地図34

大鳥明神

> 原作の舞台　料理屋の「伊勢虎（いせとら）」を出た須坂の峰蔵は、大鳥明神の社をすぎて、畑道を東へ向かい、権之助坂を上って行く。

　大鳥神社については、 地図34 と本書の第2部220頁を参照されたし。

渋谷の外れの長全寺

> 原作の舞台　盗賊の峰蔵は、渋谷の外れまで逃げて行き、長全寺という寺の墓地へ隠れ、日が暮れるのを待っていた。

　長全寺は、原作者の創作によるものか……、切絵図にはない。

■ 参照　目黒の威得寺 ➡ ① P.76
　　　　目黒不動 ➡ ① P.38
　　　　行人坂 ➡ ① P.77
　　　　四谷御門 ➡ ① P.49

「鬼平」散策コース

所要時間：約30分

さむらい松五郎と須坂の峰蔵が行く……

❶目黒不動尊……❷総門東側の塀に沿って歩く……❸五百羅漢寺（「春雪」に登場）……❹海福寺（「搔掘のおけい」「雨隠れの鶴吉」「雲竜剣」に登場し、深川から移転している）……❺「山手通り」を北へ……❻「大鳥神社」の信号を右へ行き、「目黒通り」へ入る……❼目黒新橋をわたり、「権之助坂」を上る……❽ＪＲ「目黒」駅（浄覚寺は「権之助坂」の途中右手にあった）

『鬼平犯科帳』第十五巻　特別長篇　雲竜剣（うんりゅうけん）

あらすじ

　長谷川平蔵が、芝の金杉川に架かる将監橋（しょうげんばし）の近くで、「雲竜剣」をつかう賊に襲われてから半年、今度は、火付盗賊改方の同心・片山慶次郎が同じ芝で斬殺体となって発見される。

　さらに、翌日には、同心・金子清五郎の刺殺体が、深川の海福寺境内で発見され、この夜、牛込の若松町にある薬種屋「長崎屋」に盗賊が押し入り、主人夫婦以下十六名を殺害し、二千両余りを強奪するという事件がおこる。

　正体不明の敵に、手掛かりはただ一つ。

　今は亡き高杉銀平先生が、三十数年前、牛久沼のほとりで立ち合ったという「雲竜剣」のつかい手・堀本伯道（ほりもとはくどう）の消息を追うことであった。

　長谷川平蔵の依頼を受けた剣友・岸井左馬之助は、直ちに、常陸（ひたち）の牛久宿へ向かう。

　同じころ、芝・西の久保の扇屋で、今では密偵となっている平野屋源助が、役宅を訪ねて来て、近江・八日市の鍵師・助治郎が「仕事」を頼まれて、常陸の藤代へ行くという……。

　一方、殺された同心・金子清五郎は、その日、万年橋たもとで屋台を出している鰻売りの忠八と連れ立って歩いていたことがわかり、この忠八が、深川・佐賀町の足袋問屋「尾張屋」へ出入りしていることが判明する。

　こうして、事件が少しずつ動き出す。

　果たして、今年の正月、芝で平蔵を襲った「雲竜剣」のつかい手と、亡師・高杉銀平が立ち合った「雲竜剣」の剣客とは、同一人物なのか……？

　盗賊改方の、総力を挙げての機動捜査が展開する……。

特別長篇 雲竜剣「赤い空」

主な登場人物

片山慶次郎：火付盗賊改方の同心
平野屋源助：もと盗賊の首領。いまは扇屋の主人で長谷川平蔵の密偵
助治郎：近江・八日市の鍛冶屋で鍵師

読みどころ

- この年の正月、長谷川平蔵は、「雲竜剣」をつかう賊に襲われる
- あれから半年、今度は火付盗賊改方の同心・片山慶次郎が芝で斬殺体となって発見される
- 同じ頃、近江・八日市の鍵師・助治郎が、江戸へ出て来て、昔の仲間である平野屋源助宅を訪ねて来る。「これから、"仕事"で常陸の藤代へ行く……」という
- 『鬼平犯科帳』特別長篇の第一作「雲竜剣」の出だしの舞台は芝

「赤い空」を訪ねて

入間川、法泉寺

原作の舞台

片山慶次郎殺害のことを知らせに、役宅へ駆けつけて来たのは、芝の田町一丁目に住む御用聞きの芳造であった。
金杉の四丁目と本芝一丁目の境に、江戸湾へ通じる入堀が西へのびてい、突当りは薩摩鹿児島七十七万石・島津家の江戸藩邸塀外の一部になっている。
片山同心は、（土地では入間川とよんでいる）その入り堀の中程に懸かった橋の北側の、法泉寺・塀外の草むらの中に伏し倒れていた。

現在、入間川は埋め立てられ道路になっている。「第一京浜国道」の「芝四丁目」の交差点から西へ入る道である。

法泉寺は、この通りから通称「激辛通り」と呼ばれる路地を北へ入ったところにある。住職さんは、『鬼平犯科帳』に登場することを御存じだった。

地図35

法泉寺…東京都港区芝2-30-8

法泉寺

金杉川、金杉橋、将監橋（しょうげんばし）、赤羽橋

原作の舞台

桐屋を出た長谷川平蔵が、東海道から左へ切れ込み、入間川へ懸かる橋をわたった。
その橋をわたり切った、向うの草むらで片山慶次郎の斬殺死体が発見されたわけだが、半年を経て、そのような事件が起ろうとは、それこそ夢にもおもわぬ。
橋をわたり、西応寺町の道を北へ行けば、将監橋だ。金杉川に懸かるこの橋は、金杉橋の一つ西寄りの橋で、さらに西寄りの橋が赤羽橋である。

金杉川、金杉橋については、第十一巻・第二話「土蜘蛛の金五郎」、第三話「穴」を参照されたし。

港区を流れる古川には、河口から順に金杉橋、将監橋、芝園橋、赤羽橋……と、上流へ続いている。　地図35

今昔散歩重ね地図（芝）

将監橋

赤羽橋

牛久沼(うしくぬま)

原作の舞台　三十数年前、高杉銀平は、常陸（茨城県）の牛久沼のほとりで、「雲竜剣」という不思議な刀法をつかう堀本伯道という剣客と、真剣の立ち合いをする。

　牛久沼は、茨城県龍ケ崎市にある。
　現在の牛久沼は、江戸期の沼より大分小さくなっているそうだが、詳細についてはしかるべき資料を参照されたし。

牛久沼

近江の国の八日市

原作の舞台　近江の国の八日市に住む鍛冶屋の助治郎は六十をこえた老爺だが、裏へまわると盗賊たちがいう〔鍵師〕をやっていて、平野屋源助にいわせると、「めったに出ない名人……」なのだそうな。

　近江の国の八日市については、第十一巻・第三話「穴」

を参照されたし。

常陸の藤代（ひたちのふじしろ）

原作の舞台　酒に酔って、すっかりよいきげんになった鍵師の助治郎は、常陸の藤代へ行くと言う。

　常陸の藤代の宿場は、水戸街道の宿駅で、原作にある旅籠「板久屋（いたこや）」は調べた範囲では見つからなかった。

ひとやすみ　鍵師・助治郎の女房……

　近江・八日市の鍛冶屋で鍵師の助治郎は、この「雲竜剣・赤い空」では、若い頃に女房に死に別れてから、ずっと独り身でいるようになっているが、助治郎が初登場した第十一巻・第三話「穴」では、四人目の奥さんをもらったことになっている。

■**参照**　鬼子母神 ➡ ① P.177
　　　　芝・二本榎の細井彦右衛門の屋敷 ➡ ② P.200

「鬼平」散策コース

所要時間：約60分

長谷川平蔵が、芝の将監橋近くで「雲竜剣」に襲われる……

❶東海大学高輪キャンパス（細井彦右衛門の屋敷はこの辺にあった）……❷「二本榎通り」を北へ……❸「伊皿子」の信号を右へ……❹伊皿子坂を下る……❺次の信号で三田4-19と高輪2-16の間の道へ左折し、坂を下る……❻突き当たりの「高輪大木戸跡」の信号を左折して「第一京浜国道」（旧東海道）へ出る……❼「第一京浜国道」を北へ……❽御田八幡神社・札の辻・田町駅前・「日比谷通り」を越えてさらに北へ進む……❾「金杉橋南」の信号を左折……❿古川に沿って歩き将監橋へ

第十五巻 特別長篇 雲竜剣「赤い空」

特別長篇 雲竜剣「剣客医者(けんかくいしゃ)」

主な登場人物

金子清五郎：火付盗賊改方の同心
仙台堀の政七：御用聞き
堀本伯道(ほりもとはくどう)：「雲竜剣」をつかう剣客医者
柏屋三右衛門：牛久宿の旅籠「柏屋」の主人

読みどころ

- 岸井左馬之助は、長谷川平蔵の指示で、「雲竜剣」をつかう剣客医者・堀本伯道の足跡を追って常陸の牛久へ行く
- この日、江戸では、またしても同心・金子清五郎が殺害され、この夜、牛込・若松町の薬種屋「長崎屋」へ兇賊が押し入り、家族と奉公人合わせて十六名を殺害、二千両余りを強奪する

「剣客医者」を訪ねて

深川・平野町の海福寺、増林寺、心行寺

原作の舞台

深川平野町の海福寺は、油堀に懸かる富岡橋の北詰を仙台堀川へ向って行くと、その中程の東側にある。この道の東側は、ほとんどが寺院であり、土地では、〔寺町通り〕とよんでいる。
増林寺と心行寺にはさまれた永寿山・海福寺は黄檗派の禅林で、江戸触頭(ふれがしら)二ヵ寺の一つだそうな。

　海福寺は、明治四十三年、目黒区へ移転している。本書の第2部88頁「搔掘のおけい」を参照されたし。

204

増林寺と心行寺は、深川の同じ場所にある。心行寺は本書の第２部48頁「盗賊人相書」を参照されたし。 地図36

増林寺

増林寺…東京都江東区深川２-19-13

海福寺裏の、仙台堀と油堀をつなぐ堀川

原作の舞台
海福寺の裏手は、仙台堀と油堀をつなぐ堀川になってい、二艘の舟が並んで楽に通りぬけられるだけの川幅があった。
堀川に面した海福寺の裏手は、別に塀がめぐらされているわけではなく、低い両面垣が石積みの川の縁に立ててあるだけなのだ。

　原作の舞台となっている仙台堀と油堀をつなぐ堀川は、現在は埋め立てられている。
　切絵図と現在の地図を照合して、現地をたどってみた。
　油堀の跡である「首都高速９号深川線」の下から、「葛西橋通り」を東へ行き、陽岳寺・玄信寺を過ぎて二つ先の路地を左折し、明治小学校に沿って仙台堀へ突き当たる路

地がある。この道の右手一帯が、かつては油堀と仙台堀をつなぐ堀川だった。

切絵図では海福寺の裏手には道はなく、この堀川と接続して描かれており、同心・金子清五郎の死体を舟に乗せて来て、ここから境内に運び込んだという原作の描写がよく理解できる。 地図36

復刻版江戸切絵図　本所深川絵図（部分）

牛久宿(うしくじゅく)

> **原作の舞台**
> その日の午後に、常陸の国(茨城県)牛久の宿場へ入った岸井左馬之助は、上町の本陣の近くにある旅籠〔柏屋三右衛門〕方へ旅装を解いた。

　牛久宿は、江戸から十六里で、水戸街道の九番目の宿駅である。

　現在の茨城県牛久市の旧水戸街道沿いの地域に相当するが、今はまったく面影も残っていない。

『牛久町史・史料編(二)』に、図のような江戸時代の牛久宿が描かれていて、安政六年、文久二年の旅籠の調べについての記述があるが、それには「柏屋」は確認できない。

　宿場の本陣近くには三軒の旅籠があり、池波さんはこの辺をヒントに書かれたものか……。

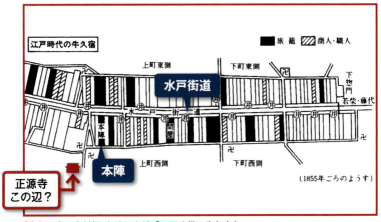

『牛久町史・史料編(二)』より「江戸時代の牛久宿」

正源寺
しょうげんじ

原作の舞台

正源寺は、本陣の手前の火ノ見櫓の傍へ切りこんだところに在った。
背後は、鬱蒼たる木立で、山門を入ると石畳の道が傾斜して茅葺き屋根の本堂へ通じている。
境内に、蟬が鳴きこめてい、前庭には紅、黄、白など、色とりどりの松葉牡丹が咲き盛っていた。

　住職の小林さんにお会いして伺った話によると、原作にある「茅葺き屋根の本堂……」という描写は、昭和三十九年に本堂の改築を行っているので、それ以前の正源寺の姿が書かれている。また、「色とりどりの松葉牡丹が咲き盛っていた」という描写は、住職の母親が松葉牡丹が好きで境内に植えていたので、よく覚えているとのことだった。

正源寺

　旧水戸街道から正源寺に入る角には、「牛久市消防分団」の建物があり、かつては、ここに火の見櫓があったそうである。

正源寺…茨城県牛久市牛久町115

■ **参照**　油堀 ➡ ① P.229　　富岡橋 ➡ ② P.88
　　　　　仙台堀 ➡ ① P.18　　　永代橋 ➡ ① P.267
　　　　　法恩寺橋 ➡ ① P.21

特別長篇 雲竜剣「闇」

主な登場人物

助治郎：近江・八日市の鍛冶屋で鍵師
お熊：弥勒寺門前の茶店「笹や」の女主人
忠八：霊雲院門前の屋台の鰻売り

読みどころ

- 岸井左馬之助と同心・沢田小平次、密偵・大滝の五郎蔵は、剣客医者・堀本伯道の足跡と鍵師・助治郎を追って、常陸の牛久宿と藤代宿で捜査を続ける
- 長谷川平蔵は、堀本伯道についての記憶をたどるため、本所の高杉道場跡へ出かける。途中、弥勒寺門前の茶店「笹や」のお熊ばあさんから、「殺された金子清五郎が、前日、鰻の辻売りの忠八と連れ立って歩いていた……」と、聞く

「闇」を訪ねて

小貝川の渡し

> 原作の舞台
>
> 岸井左馬之助は、間もなく、小貝川の渡し場へ出ていた。
> 西の空の灰色の雲間から残照の色がわずかにのぞまれた。
> 川岸を吹きぬける風の冷たさに、左馬之助は身ぶるいをした。
> 渡し舟は、まだ対岸にいたが、すぐに数人の客を乗せ、こちらへ川をわたって来た。

　JR常磐線の「藤代」駅に下車。北口を出て、旧水戸街

道へ入り、東へ真直ぐ進むと小貝川の土手に突き当たる。土手下の左側には八坂神社と熊野神社の社がある。

土手を散歩していた地元の人に訊くと、八坂神社は、

「小貝川の渡し場」跡

かつてはもっと川の近くにあったそうで、護岸工事により現在の場所に移転したと言う。

土手の上に登り、川面を見ると、石を積んだような場所があり、朽ちかけた杭が何本か立っている。その辺りが、昔の「渡し場」の跡だそうだ。

牛久の城

原作の舞台

鍵師・助治郎に似た老爺は、何と、牛久の方をさして歩いて行く。
牛久沼に沿った道へ岸井左馬之助が出たとき、夕闇はかなり濃くなってきていた。
農婦も旅の侍も、もう一人の客も、散り散りに、どこかへ行ってしまい、左馬之助の前を旅の老爺がひとり、すいすいと歩いている。
牛久沼に沿った道が、ゆるやかに右に逸れると、左側に、木立に包まれた小高い丘が見える。むかし、あのあたりに牛久の城が築かれていたのだという。

牛久城の跡を訪ねて行ったが、目的地へ到達するのが非常に難しく、達成感のない旅になってしまった。

事前の調査で、牛久市役所の担当部署の人が地図を送ってくれたが、現地へ到達する道は、口頭では説明できないくらい複雑だと言う。

　牛久駅で乗ったタクシーの運転手さんも、聞いたことがないし、そういうお客さんをこれまで乗せたことがないと言う。

　とりあえず、「国道6号線」を南へ走ってもらい、根古屋橋を西へ渡ったところで車を止め、送っていただいた地図を運転手さんに見せて、市役所の担当者と直接電話で話してもらった。

　ようやくたどり着いたが、「これが城跡……？」というような、ただの小高い丘の上にある原っぱだ。

　おまけに、城跡の説明板が別の場所にあり、今度はそれを探すのに一苦労。

　とにかく、さえない旅だった。

牛久城址

牛久城址案内板

■ 参照　両国橋 ➡ ② P.40　　二ツ目橋 ➡ ① P.24
　　　　弥勒寺 ➡ ② P.46　　霊雲院 ➡ ② P.23

特別長篇 雲竜剣「流れ星（ながれぼし）」

主な登場人物

助治郎：近江・八日市の鍛冶屋で鍵師
平野屋源助：扇屋の主人でもと盗賊の首領、今は長谷川平蔵の密偵
木村忠吾：火付盗賊改方の同心
おまさ：女密偵
仙台堀の政七：御用聞き
彦兵衛：足袋問屋「尾張屋」の下男で、堀本伯道配下の引き込み役

読みどころ

- 鍵師・助治郎が、芝・西の久保の扇屋「平野屋源助」方へ戻ってくる
- 源助は、助治郎が明後日旅立つことを長谷川平蔵へ報告。盗賊改方は、万全の構えで助治郎の尾行に備える
- この夜、御用聞きの仙台堀の政七が、鰻の辻売りの忠八が佐賀町の足袋問屋「尾張屋」へ出入りしていることを突き止める

「流れ星」を訪ねて

専光寺

原作の舞台

番頭・茂兵衛は、鍵師の助治郎が鉢を洗っている間に、日盛りの道を突っ切り、向い側にある専光寺という寺院傍の細道へ入った。
突き当りが、旗本・倉橋左京屋敷の裏門になっている。

専光寺は、港区虎ノ門にある。
住職さん御夫婦とお会いした。お二人とも「鬼平」ファ

ンだが、「まさか、うちの寺が出ているとは知らなかった……」という。原作の箇所と切絵図を見せると、大そう驚かれていた。

専光寺

専光寺…東京都港区虎ノ門3-25-17

南湖(なんご)

原作の舞台
鍵師・助治郎は平塚まで行かぬうちに、旅装を解いたのである。
藤沢から二里ほど行くと、南湖(現・茅ヶ崎市)というところがある。ここは立場になっていて、茶店も数軒あり、道中馬や駕籠もある。
だが、助治郎は急に足を速め、南湖を通りぬけるや街道を左へ切れ込み、松林の中へ入って行く。

茅ヶ崎市南湖の西浜中学校附近の海岸沿いには、今でも写真のような松林が広がっている。

海と砂浜とサーファーと……。こう書くと、きれいな湘南海岸のイメージだが、近寄ってみると松林には風除け、砂除けの網がビッシリかぶせてあり、がっかりする。

南湖の松林

第十五巻 特別長篇 雲竜剣「流れ星」 213

佐賀町代地の夕河岸

安蔵は、六十に近い老爺だが、嶋崎町の長屋に独り暮しをしており、佐賀町代地の夕河岸に出て魚介を売っている。

　尾張屋板の切絵図には、佐賀町代地は油堀に架かる富岡橋の南と北にある。

　江戸時代から深川の漁業は大変盛んで、明治期になると、昼間江戸湾で獲れた魚介類を、夕方、一般市民に小売販売したので夕河岸といわれ、特に黒江町を中心に大いに繁盛したそうである。 地図37

復刻版江戸切絵図　本所深川絵図（部分）

普賢寺
ふ　げん　じ

> **原作の舞台**　その日。安蔵は、南本所の普賢寺という寺の下男をしている友だちを訪ねて、酒をのみながらはなしこみ、夜がふけてから深川へもどって来る。

普賢寺は、関東大震災後、昭和二年に府中市紅葉丘2-26へ移転している。

中ノ橋

> **原作の舞台**　大川沿いの道をまっすぐに来て、万年橋をわたり、午後から夕暮れにかけて忠八が屋台を出している霊雲院門前をすぎ、仙台堀にかかった上ノ橋をわたり、さらに、中ノ橋をわたって佐賀町へ入ったとたんに、このあたりでも知られた足袋問屋・尾張屋孫右衛門の裏口のあたりから、ひょいと鰻売りの忠八が出て来るのを見た。

この中ノ橋は、仙台堀と油堀の間にあった中ノ堀に架かっていた橋のこと。 地図36

現在、堀は埋め立てられ、橋もない。

御蔵橋(おくらばし)

> **原作の舞台**
> 入堀には、橋が架かっていて、土地の人びとは「御蔵橋」とよんでいる。
> 幅一間半、長さ五間の橋である。
> 長谷川平蔵が、いまや、この御蔵橋へさしかかって、橋板へ一歩、足を踏み出した、そのときであった。
> 橋の向うの闇の中から、ぬっとあらわれた男が腰をひねって大刀を抜きはなった。

　御蔵橋は、第九巻・第一話「雨引の文五郎」でも話の舞台となっているが(本書の第2部181頁)、この「雲竜剣」では、大川端の道を行く描写は、「雨引の文五郎」とは逆のコースをたどって描かれている。

- **参照**　目黒川に架かった中ノ橋 ➡ ① P.232
　　　　　戸塚の影取村、千本松の原 ➡ ① P.250
　　　　　藤沢の遊行坂、清浄光寺 ➡ ① P.247
　　　　　洲崎の弁天 ➡ ② P.129
　　　　　仙台堀に架かった上ノ橋 ➡ ② P.26

「鬼平」散策コース

所要時間：約30分

暗殺団が、長谷川平蔵を狙う……

❶堅川に架かる二之橋北詰（本所・二ツ目の軍鶏鍋屋「五鉄」を想定）……❷堅川沿いの道を西へ……❸一之橋北詰を越えて道なりに進む……❹両国橋東詰で「隅田川テラス」へ下りる……❺「隅田川テラス」を散策しながら上流へ進む……❻「東京水辺ライン・両国発着場」で一般道へ上がる……❼「国技館通り」に面して「東京水辺ライン」の建物の裏に「御蔵橋」の説明板あり（長谷川平蔵はここで暗殺団に襲われる）

第十五巻　特別長篇　雲竜剣「流れ星」

特別長篇 雲竜剣「急変の日」

主な登場人物
吉田藤七：火付盗賊改方の同心
佐嶋忠介：火付盗賊改方の筆頭与力

読みどころ
- 長谷川平蔵が両国の御蔵橋で、三人の暗殺団に襲われる
- 鍵師・助治郎が、東海道を上り南湖の報謝宿へ入る
- こんな中、今度は、役宅の門番・磯五郎が、何者かに門外へおびき出され殺害される
- 翌日、市中見廻りに出た長谷川平蔵は、亡師・高杉銀平が堀本伯道について言った「丸子」という言葉を思い出し、大滝の五郎蔵を連れて丸子宿へ行く

「急変の日」を訪ねて

武蔵国・橘樹郡の丸子

原作の舞台

長谷川平蔵は、浅草の真土山聖天宮門前の茶店の暖簾の〔丸子や〕の屋号を見て、亡師・高杉銀平先生の言った言葉を思い出す。
武蔵の国、丸子の宿駅は、多摩川の両岸に渉っており、下丸子は荏原郡・矢口村に属し、上丸子と中丸子は橘樹郡に属している。
だが、丸子宿といえば、やはり相模街道に面した上・中の丸子のことになる。
すなわち、現代の神奈川県・川崎市・上丸子と中丸子がそれにあたる。

原作では、「丸子の渡し」から「丸子宿」、「相模街道」、

「最明寺」へと舞台がつづいているが、池波さんは、ここでも『江戸名所図会』を参考に書かれている。

登場する「相模街道」は「中原街道」のことで、『江戸名所図会』では「丸子街道」となっている。

ものの本によると、脇往還である「中原街道」には、五街道のような宿駅はなく継立場があったそうで、『江戸名所図会』に描かれている「丸子宿」は、「丸子の渡し」を背景にした渡船集落のことで、旅籠もあったと思われるが……。

武蔵国・橘樹郡の丸子宿については、しかるべきものを参考にされたし。

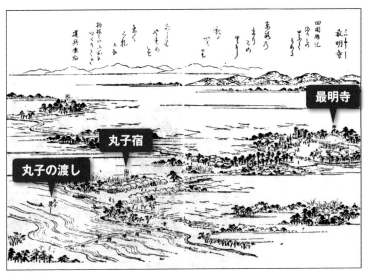

「江戸名所図会」最明寺　国立国会図書館蔵

特別長篇 雲竜剣「落ち鱸」

主な登場人物

相模屋伊兵衛：丸子宿の宿外れにある旅籠の主人
作松：堀本伯道配下の盗賊
亀吉：堀本伯道配下の盗賊

読みどころ

- 南湖の報謝宿で落ち合った剣客医者・堀本伯道と鍵師・助治郎は、そろって東海道を上り、小田原城下手前の一色村にある鍛冶屋の家に入る
- 丸子宿に着いた長谷川平蔵は、かつて、堀本伯道が、最明寺の裏手にある剣術道場の道場主だったことを知る。
- 翌日、大滝の五郎蔵が、道場から出て来た二人の浪人剣客を尾行し、根岸の寮に入るのを確認する

「落ち鱸」を訪ねて

丸子の渡し

原作の舞台

長谷川平蔵と大滝の五郎蔵が多摩川辺りへ到着したときは、すでに夜に入っていた。
しかし、丸子の渡しの番小屋に灯が入っていたので、近寄って見ると老船頭がひとりで酒をのんでいる。

多摩川の「丸子の渡し」は、かつては、「中原街道」を結ぶ重要な交通手段であったが、昭和九年十二月、丸子橋の架橋とともに廃止されている。

丸子橋の少し下流の河川敷に、大田区側と川崎市側に「丸

子の渡し」についての説明板があり、川崎側の土手には写真のような標柱が立っている。

原作では、長谷川平蔵と密偵・大滝の五郎蔵が、夜、渡し舟に乗って多摩川を渡り、対岸の「丸子宿」へ行ったことになっているので、筆者も、「何とか、この場面を再現することができないものか……」と関係先に訊いてみた。

「丸子の渡し」標柱

すると、毎年秋に開催される「丸子の渡し祭り」で、渡し舟が用意されるという。

待つこと一年、行って来ました、「丸子の渡し祭り」へ。詳細は、〔ひとやすみ〕コーナー（→225頁）をご覧ください。

最明寺、愛宕下の真福寺

原作の舞台

丸子宿から十町ほど西へ行った、その突き当りに竜宿山・最明寺という寺院がある。江戸の芝・愛宕下の真福寺の属寺だという。
相模街道は丸子宿を通り、最明寺の手前から左へ屈曲しつつ伸びている。
松並木の参道が美しく、田畑と松林に囲まれた最明寺は藁屋根の本堂を中心にして、いかにも鄙びていた。
件（くだん）の剣術道場は、ちょうど最明寺の裏側にあり、これまた木立に囲まれた一軒家なのだ。

古くは、最明寺と呼ばれていたが、現在は、西明寺という。多摩川の丸子橋を川崎側へ渡り、「中原街道」を進むと、

小杉御殿町一丁目で道が左に鉤の手状に曲がっているが、この右角にある立派な寺が西明寺である。

愛宕下の真福寺は、京都の総本山智積院(ちしゃくいん)の別院だそうだ。

西明寺

真福寺

西明寺…川崎市中原区小杉御殿町1-906　　真福寺…東京都港区愛宕1-3-8

小田原城下の手前の一色村

原作の舞台
堀本伯道は、鍵師の助治郎を連れて、小田原城下の手前にある一色村へ行くため東海道を上って行った。一色には、鍛冶屋の新六というものが住んでいて、伯道は昔、この男の難病を癒してやったことがあった。

小田原城下手前の一色村は、網一色村ともいう。

現在の小田原市東町の一部に相当する。

小田原市東町に網一色八幡神社という無人の神社があり、境内に網一色公民館がある。一色村の名残は、わずか

網一色八幡神社

にここにあるだけだ。

　南湖の報謝宿を出て一色村へ行くまでの行程を、『東海道分間延絵図』（第三巻）でたどってみた。 地図38

網一色八幡神社…神奈川県小田原市東町5-6-30

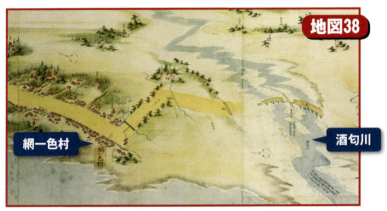

東海道分間延絵図（部分）　網一色村

平塚宿手前の馬入川（ばにゅうがわ）の渡し

原作の舞台

渡し舟の船頭は笑いを隠し切れない。
何しろ一人十六文の渡し賃なのに、二人で一分もくれたのだから、こたえられない。先の四人も一分であった。馬入川をわたり、平塚宿を過ぎると、宿外れの地蔵堂の蔭から密偵の駒造が飛び出してきた。

　馬入川は、現在、相模川と呼ばれていて、茅ヶ崎市と平塚市の境を流れている。「国道1号線」が通る橋の名は馬

入橋と言う。

　馬入橋の上流西側の、ホテル・サンライフガーデンの裏あたりに写真のような「馬入の渡し跡」の石碑と説明板が立っている。

馬入の渡し跡

『鬼平犯科帳』には、東海道を舞台にした話がたびたび登場する。第一巻・第三話「血頭の丹兵衛」では島田宿、土山宿、第三巻・第二話「盗法秘伝」では岡部、遠州見付宿、第七巻・第一話「雨乞い庄右衛門」および第十三巻・第一話「熱海みやげの宝物」では、小田原の小八幡や梅沢の立場附近が舞台となっている。

　東海道分間延絵図（第三巻）でも馬入川をたどってみた。

地図39

　網一色村や馬入川の位置関係については、旧東海道（保土ヶ谷〜小田原附近）の図を参照されたし。（→118頁）。

東海道分間延絵図（部分）　馬入川

「丸子の渡し祭り」

　今年で3回目を迎えた「丸子の渡し祭り」、毎年、10月か11月の日曜日に開催されているそうだが、これまでの2回はいずれも雨模様だったとか。

　この日は、雨こそ降っていないが、この秋一番の寒さ。

　筆者は、原作を想定して、「環状八号線」の「田園調布警察前」から「旧中原街道」を歩き、「桜坂」を下って多摩川へ向かった。

　東急多摩川線の「沼部」駅の踏切を越え、多摩川の土手へ出て見下ろすと、この寒空の中、親子連れの長い行列が渡し舟の順番を待っていた。

　さっそく、河川敷へ降りて行き、手続きを済ませて待つこと1時間10分、やっと順番が回って来た。

　救命胴衣を着て、エンジン付きのボートのような舟に乗せられ、船頭以下8名が岸を離れる。

　それからわずか3分半、心の準備もできないうちに、アッと言う間に、川崎側の仮設の船着場へ到着した。

　ただ、これだけのこと。

　憮然として舟を降りる……。

　かつて、「鬼平」と五郎蔵は、「雲竜剣」をつかう剣客医者・堀本伯道の過去を追って、この多摩川を渡ったはずだったのに……。

丸子の渡し祭り

「鬼平」散策コース
所要時間：約45分

長谷川平蔵と
密偵・大滝の五郎蔵が、
丸子宿へ行く……

❶東急多摩川線「沼部」駅から「多摩堤通り」で多摩川の土手へ……❷土手下に「丸子の渡し」の説明板あり、これを確認後、渡し舟に乗ったつもりで土手道を右へ行き……❸丸子橋を川崎方面へ渡る……❹上子橋も越えて直進……❺「丸子橋」の信号を右へ（中原街道へ）……❻この道を直進……❼右側に旧原家母屋跡地や安藤家の長屋門がある……❽しばらく行くと「中原街道」が左へ曲がり、この右角に最明寺（西明寺）がある（原作の剣術道場は、最明寺の裏手に設定されている）。

特別長篇 雲竜剣「秋天清々(しゅうてんせいせい)」

主な登場人物

堀本伯道:「雲竜剣」をつかう剣客医者で、盗賊の首領
松蔵:根岸の寮の老爺
堀本虎太郎:堀本伯道の息子で、「雲竜剣」をつかう盗賊の首領

読みどころ

- 長谷川平蔵は、東海道を江戸へ戻ってくる堀本伯道を見て、今年の正月に襲ってきた「雲竜剣」のつかい手とは違うことを確信する
- 伯道は江戸市中を通りぬけ、亀戸天満宮門前にある「ひたちや」という茶店へ入る
- 盗賊改方は、総力を挙げて、根岸の寮と亀戸天満宮門前の「ひたちや」、深川佐賀町の足袋問屋「尾張屋」へ見張りを強化する
- この夜、長谷川平蔵は、井上真改(しんかい)の大刀と亡師・高杉銀平が形見の近江守久道作の脇差を帯し、役宅を出る

「秋天清々」を訪ねて

根岸の西蔵院

原作の舞台

昨夜のうちに佐嶋忠介は、怪しい寮(別荘)を見張るための根城として、根岸の西蔵院という寺へはなしをつけ、それまで六郷屋敷に詰めていた盗賊改方を西蔵院へ移した。

西蔵院は、台東区根岸にある。
若い住職さんにお会いした。

『鬼平犯科帳』のことは承知しているし、原作も読んだことがあるが、先代が若くして亡くなったので詳しいことは聞いていないと言う。 地図40

西蔵院

西蔵院…東京都台東区根岸3-12-38

近江の堅田

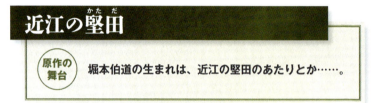

原作の舞台　堀本伯道の生まれは、近江の堅田のあたりとか……。

　堀本伯道の生まれ故郷、近江の堅田へ出かけた。
「京都」駅からJR湖西線で「堅田」駅に下車。「近江八景」の一つ、「堅田の落雁」で知られる満月寺を訪ねてみた。

満月寺の浮御堂

写真は、満月寺の浮御堂であるが、琵琶湖に突き出た御堂の景色が素晴らしい。

満月寺…滋賀県大津市本堅田1-16-18

■**参照**　梅沢の立場 ➡ ② P.68　　亀戸天満宮 ➡ ① P.102

　　　　浅草・新堀端の竜宝寺 ➡ ① P.118

　　　　小石川の牛天神 ➡ ① P.238

復刻版江戸切絵図〈根岸谷中〉日暮里豊島辺図（部分）

立ち食い蕎麦屋にて……

　休日は、もっぱら『鬼平犯科帳』ゆかりの地を訪ね歩いている。地図を片手に江戸市中をめぐり歩くわけだが、昼食は立ち食い蕎麦屋へ寄ることがある。

　立ち食い蕎麦は、何と言っても手っ取り早く、味は別にして、ボリュームが少ないから晩酌に差しさわることがない。

　もう一つ、気に入っていることは、立ち食い蕎麦屋はどんなに混んでいても、まったく一人の世界。他人を気にすることがない。聞こえて来る言葉は、「そば」か「うどん」を選択するときの声だけ。店の中で、楽しくしゃべりながら食べている客はまずいない。

　食券を買い、厨房のカウンターで「そば」か「うどん」の指示をして、待つこと数分。出来上がったものをカウンターに運んで食べ、終わったらどんぶりを食器の返却口へ戻す。この間、ざっと10分くらい。会話と言えば「そば」の一言だけ。特別な作法もないし、まわりの眼を気にすることもない一人の世界だ。

　この日も、例にもれず、早めに立ち食い蕎麦屋へ入った。

　店内は、この時間、まだ人もまばらで、演歌のBGMが流れていた。そういえば、この「富士そば」という店は、どの店でも演歌が流れている。

　店の人に訊いてみた。すると、「会長命令で……」とのこと。「富士そば」は、都内近郊に111店舗（2015.12. 現在）あるそうだが、会長の丹道夫さんは、「丹まさと」の名で演歌の作詞も手掛けるとか。

　そこで、思い出したことがある。

何年か前の新聞の日曜版に、"咲いて儚（はかな）い散りゆく花も　季節めぐればまた合える"と、いうような演歌の詞が紹介され、「富士そば」の会長さんが演歌の作詞もすることが書かれていた。
　自分で作詞した曲を、自分の店で流す。
　これほどの贅沢が、他にあるだろうか。

　ところで……、最近の立ち食い蕎麦屋は、黒い塗箸を使うようになっていて、割りばしが置いてないことが多い。経費の問題か、後片付けが便利なためか知らないが、やはり、蕎麦は割りばしで食べたいものである。

おわりに

『鬼平犯科帳』第十一巻・第三話「穴」には、鍛冶屋で鍵師の助治郎という裏稼業の男が出て来る。

この助治郎、第十五巻・特別長篇「雲竜剣」でも重要な役割を担って登場するが、池波さんは、この助治郎の故郷を、近江の八日市に設定した。

また、この「雲竜剣」の主人公・剣客医者の堀本伯道の故郷も、近江の堅田に設定し、鍵師・助治郎との間に必然性を持たせた。

池波さんは、この近江の地が大変気に入っていた様子で、いっときは、本気でこの地に移り住もうと考えたとか……、『散歩のとき何か食べたくなって』(新潮文庫)というエッセーの中で述べている。

さらに、近江の八日市にある「招福楼」という料理屋の食事と御主人の気構えには、えらく心を打たれた様子が書かれている。

そんなわけで、池波さんは近江の地には詳しく、土地勘も十分あったことになる。

筆者は、鍵師・助治郎と剣客医者・堀本伯道の故郷であるこの近江の八日市と堅田へ出かけてみた。

現在の東近江市にある野々宮神社の宮司・中島伸男さんに

お会いして伺った話によると、その昔、近江の八日市は、鋳物が大変盛んなところで、鍛冶屋もたくさんあったそうである。

　鍵師・助治郎の誕生には、こういう背景があったと想像される。

　今回の小さな旅では、野々宮神社と太郎坊宮へ参拝し、つづいて、堅田の満月寺の浮御堂を見学して帰路についた。

　いずれまた、この地を訪れるつもりだが、その時は、「近江八景」でもゆっくり観て廻り、「招福楼」で一献傾けてみたいと思っている。

　最後に、第3部の出版にあたっては、池波正太郎記念文庫の鶴松房治さんを始め多くの方々にお世話になりました。この場を借りて厚く御礼申し上げる次第です。

主要参考文献

『復元・江戸情報地図』(朝日新聞出版)
『東京の橋』石川悌二(新人物往来社)
『五街道細見』岸井良衞(青蛙房)
『東京市史稿』(橋梁編)
『東松山市の歴史』(中巻)
『道具曼陀羅』(毎日新聞社)
『熱海市史』(上巻)
『川の地図辞典　江戸・東京／23区編』菅原健二(之潮)

図版提供

「商家高名録・諸業高名録」(みやま文庫)
「牛久町史　史料編(二)」牛久市立中央図書館
「江戸名所図会」国立国会図書館
「江戸時代文化年間の妙義町並み図」
「商人買物獨案内」

＊本書に掲載しております、古地図、図版等は著作権者に許諾を得ておりますが、中には鋭意調査しましたが、連絡先が判明しないまま掲載させていただいたものもございます。
　もしお気づきの点などございましたら、小学館スクウェアまでご一報くださいますようお願い申し上げます。

古地図提供

江戸切絵図は人文社版復刻図を使用

「人文社復刻版江戸切絵図」

　〈飯田町駿河台〉小川町絵図／日本橋北内神田両国浜町明細絵図／京橋南築地鉄炮洲絵図／〈芝口南西久保〉愛宕下之図／〈千駄ヶ谷鮫ヶ橋〉四ツ谷絵図／〈小石川牛込〉小日向絵図／〈小石川谷中〉本郷絵図／東都下谷絵図／〈今戸箕輪〉浅草絵図／本所絵図／本所深川絵図／東都麻布之絵図／目黒白金図／東都青山絵図／〈染井王子〉巣鴨辺絵図／〈根岸谷中〉日暮里豊島辺図

「今昔散歩重ね地図」㈱ジャピール

「東海道分間延絵図」東京国立博物館蔵

　Image: TNM Image Archives

「豆州熱海絵図」静岡県立中央図書館

松本 英亜(まつもと ひでつぐ)

1942年東京生まれ。
東邦大学医学部卒業。医学博士。
医療法人社団同友会 春日クリニック顧問。

小さな旅『鬼平犯科帳』ゆかりの地を訪ねて 第三部

2017年1月25日	初版第1刷発行
2022年1月20日	初版第2刷発行

著　　者　松本 英亜

発　　行　小学館スクウェア
　　　　　〒101-0051
　　　　　東京都千代田区神田神保町2-13 神保町MFビル4F
　　　　　TEL:03-5226-5781 FAX:03-5226-3510

印刷・製本　凸版印刷(株)

デザイン・装丁　ポイントライン

本書の中には、今日の人権意識からみて不適切と思われる表現が含まれています。しかし、江戸時代における登場人物たちの人間模様を描くうえでの、歴史的事実、表現であり、著者に差別を助長する意図がないことを考慮し、そのまま使用いたしております。ご理解をお願いいたします。

造本にはじゅうぶん注意しておりますが、万一、乱丁・落丁などの不良品がありましたら、小学館スクウェアまでお送りください。お取り替えいたします。

本書の無断での複写(コピー)、上演、放送等の二次利用、翻案等は、著作権法上の例外を除き禁じられています。
本書の電子データ化などの無断複製は著作権法上の例外を除き禁じられています。
代行業者等の第三者による本書の電子的複製も認められておりません。

ⓒ Hidetsugu Matsumoto 2017　　　　　　　　　JASRAC 出 1612531-601
Printed in Japan　ISBN978-4-7979-8817-8